L'OrdinaTueur

Christian Grenier

L'OrdinaTueur

Texte présenté et annoté
par
Peter Müller et Helga Zoch

Ernst Klett Sprachen
Stuttgart

ChristianGrenier

L'OrdinaTueur

Texte présenté et annoté par Peter Müller et Helga Zoch

1. Auflage 1 11 10 9 | 2020 19

Nachfolger von 978-3-12-592091-0

Alle Drucke dieser Auflage sind unverändert und können im Unterricht nebeneinander verwendet werden.

Die letzte Zahl bezeichnet das Jahr des Druckes.

Internetadresse: www.klett-sprachen.de

Redaktion: Sylvie Cloeren
Satz: Satzkasten, Stuttgart
Umschlaggestaltung: Elmar Feuerbach
Umschlagbild: Gettyimages / Eyerwire
Druck und Bindung: Medienhaus Plump GmbH, Rheinbreitbach

Printed in Germany

ISBN 978-3-12-592092-7

9 783125 920927

Table des matières

Introduction

Né à Paris en 1945, Christian Grenier est nourri par le théâtre. Il aimerait devenir acteur, comme ses parents. Face à leur opposition, il entreprend des études de lettres et devient enseignant. Il écrit depuis son plus jeune âge. Par plaisir, par passion. De 1957 à 1969, les progrès de la conquête de l'espace le poussent à découvrir l'astronomie puis la littérature de science-fiction.

Le prix O.R.T.F. qu'il obtient en 1972 pour *La Machination* marque le début d'une carrière qu'il consacrera d'abord en priorité à la science-fiction. Il exploitera ce genre dans de nombreux domaines : albums, nouvelles, théâtre, contes, essais, BD.

Programmé pour tuer ? L'OMNIA 3, un ordinateur très sophistiqué, totalise déjà six victimes. L'inquiétante machine est-elle seule responsable de cette incroyable série de meurtres ? Logicielle, jeune inspectrice au surnom prédestiné, en doute. Mais derrière l'écran se cache un adversaire aussi inattendu que dangereux...

Avant de commencer, lisez le centre d'intérêt « Le vocabulaire de l'ordinateur », page 10. Il contient une grande partie du vocabulaire inconnu. Ces mots et expressions sont marqués d'une étoile * dans le texte.

Il est également conseillé de lire les conseils « Pour comprendre le vocabulaire inconnu », page 8 pour faciliter la lecture.

Nous avons gardé les formes du passé simple dans le texte. Le passé simple est le temps qu'on utilise dans les romans au lieu du passé composé qui est utilisé dans la langue parlée. Pour vous aider à comprendre ces verbes, nous les avons repris dans un tableau, page 92. Mais pour travailler sur le texte, pour répondre aux questions page 89, vous pouvez utiliser le passé composé.

Pour comprendre le vocabulaire inconnu

Vous apprenez le français depuis plusieurs années et vous avez constaté qu'il existe bien plus de mots que vous ne pourrez jamais en retenir. Mais ce n'est pas une raison pour vous décourager !

Si vous avez envie de lire un texte avec plaisir sans être toujours obligé de chercher les mots dans un dictionnaire, lisez attentivement les lignes suivantes.

1. La famille du mot

Un des moyens les plus simples de trouver le sens d'un mot de façon logique est de déterminer sa *famille*, c'est-à-dire sa racine :

inexpliqué	**in-** (→ *contraire*) + expliqué (ungeklärt)
la **beauté**	beau + -té (→ *un nom*) (Schönheit)
rougir	rouge + -ir (→ *un verbe*) (erröten)
un **regard**	regarder – -er (Blick)

2. Mots identiques en allemand, en anglais.

Vous pouvez parfois deviner le sens de mots français à partir de mots allemands ou anglais que vous connaissez :

consulter le médecin	konsultieren (aufsuchen)
une autopsie	die Autopsie
la technologie	die Technologie
le mouvement	movement (Bewegung)
la **sécurité**	security (Sicherheit)
sophistiqué	sophisticated (hoch entwickelt)

3. Le contexte

C'est le moyen le plus sûr pour trouver la signification d'un mot. Lisez donc attentivement les mots placés avant et après le mot recherché :

Je ne peux que constater la **taille** du trou. (S. 25)

taille = Taille oder Größe.
Auf ein Loch bezogen kann es aber nur Größe oder Umfang heißen.

L'ordinateur était **reparti** à l'usine. (S. 30)

partir = gehen, re- = wieder / zurück.
Da ein Computer nicht gehen kann, muss es heißen, dass er dorthin zurück verschickt wurde.

Le vocabulaire de l'ordinateur

brancher / allumer l'ordinateur	einschalten
débrancher / éteindre l'ordinateur	ausschalten
se connecter / se déconnecter	sich ein- / ausloggen
avoir un **écran** de ... pouces *m*	... Zoll- Bildschirm
pianoter sur le **clavier**	tippen Tastatur
appuyer sur les **touches** *fpl* qui actionnent les **commandes** *fpl*	Tasten Befehle
à l'aide de la **souris**, **cliquer** sur des **icônes** *fpl* ou sur la **barre de menus**	Maus (an)klicken Ikone, Symbole Menüleiste
introduire un **CD-ROM** dans le **lecteur** de CD-ROM	CD-ROM Laufwerk
lancer / démarrer / faire tourner un **logiciel**, p. ex. un programme de **traitement de texte** ou une autre **application**	eine Software, ein Programm starten / zum Laufen bringen Textverarbeitung Anwendung

charger / installer un programme sur son **disque dur** puis **initialiser** les nouvelles fonctions	laden Festplatte initialisieren
la **configuration** de l'ordinateur	Konfiguration
rassembler ses **données** *fpl* dans des **fichiers** *mpl* qui occupent ... **octets** *mpl* ou ... **gigaoctets** *mpl* de **mémoire** *f*	Daten Dateien Byte Gigabyte Speicher(volumen)
l'ordinateur a ... gigaoctets de **mémoire vive**	 Arbeitsspeicher
sauvegarder ses programmes et ses fichiers ou les **effacer**	sichern löschen
un **explorateur** de programmes	Browser
avoir accès à **Internet** grâce à un **modem**	Internet Modem
se brancher sur Internet / le net / la toile pour **télécharger** des programmes ou pour fréquenter les **salons** *mpl*	Online gehen herunterladen Chat-rooms
déposer un message dans une **BAL** (boîte aux lettres électronique)	Mail-Box

Chapitre 1

Un ordinateur peut-il être un tueur ?

Logicielle relut trois fois de suite, sur son écran* cette étrange question que Germain venait de lui poser. Elle frappa sur son clavier* les mots :

LOGICIELLE	Que voulez-vous dire par là ?
GERMAIN	La semaine dernière, je suis allé consulter mon médecin à Bergerac. Les jours précédents, il avait constaté deux décès bizarres : des personnes mortes d'un arrêt du cœur devant leur ordinateur.

Logicielle et Germain dialoguaient à six cents kilomètres de distance, grâce à Internet*.

LOGICIELLE	Deux adolescents qui jouaient ?
GERMAIN	Pas du tout. Deux hommes d'un âge respectable : le mien !

Logicielle sourit : Germain avait plus de cinquante ans. L'année précédente, elle avait été la stagiaire de l'inspecteur Germain avant de devenir lieutenant de police et d'obtenir un poste

8 **précédent, précédente** d'avant – 9 **le décès** la mort – 16 **respectable** *ici :* fortgeschritten – 16 **le mien** meins – 19 **un, une stagiaire** Praktikant(in) – 20 **obtenir** recevoir – 20 **un poste** *ici :* Arbeitsstelle

en banlieue parisienne. Germain, lui, était parti travailler à Bergerac, en Dordogne.

LOGICIELLE	Hasard, Germain ! Aujourd'hui, les gens meurent devant la télé !
GERMAIN	Vous avez raison. Je ne sais pas pourquoi ces morts m'ont paru suspectes. Je cherchais sans doute une raison pour vous faire venir à Bergerac, Logicielle.

Logicielle se prénommait Laure-Gisèle. Mais très vite, à l'école de police, ses camarades avaient transformé son prénom en Logicielle à cause de sa passion pour l'informatique.

Elle n'avait pas répondu à la question de Germain. Il écrivit une nouvelle ligne :

GERMAIN	Vous savez, le printemps est magnifique en Dordogne !
LOGICIELLE	Ici aussi, il fait beau. Allez, à +, Germain.
GERMAIN	À plus tard, Logicielle.

Elle se déconnecta*.

3 **le hasard** Zufall – 7 **suspect, suspecte** verdächtig – 18 **à +** [aplys] *fam* à plus tard (bis bald)

Chapitre 2

Au commissariat de Saint-Denis où elle travaillait, Logicielle pianotait* sur son ordinateur depuis moins de cinq minutes quand le téléphone sonna. Une main décrocha. Elle leva la tête et aperçut Maxime. Maxime avait vingt-cinq ans, et il était plutôt séduisant.

– Ton ami Germain insiste pour te parler.

Elle sauvegarda* son texte en interrogeant Germain :

– Germain ? Que se passe-t-il ?

– Un troisième décès devant ordinateur, Logicielle. Même chose : arrêt du cœur. Je suis sûr que ces morts sont suspectes. Je me rends sur les lieux, à Eymet. J'effectue une demande officielle pour vous faire venir sur place.

– Inutile. Nous sommes vendredi. Je saute dans un train et je suis ce soir à Bergerac.

– Prenez plutôt le TGV Paris-Bordeaux et descendez à Libourne. Je serai à la gare.

Elle nota les horaires. Et à midi, au restaurant, quand Maxime l'invita au cinéma, elle répondit :

– Oh, ce serait avec plaisir, Max ! Mais je pars ce soir voir mon vieil ami Germain. Je ne rentre que dimanche soir.

Il soupira.

– Logicielle... pourquoi lui et pas moi ?

– Je ne sais pas ce que tu veux dire. Germain est un ancien collègue devenu un excellent ami et toi, tu es un jeune collègue devenu un bon camarade...

4 **décrocher** den Hörer abnehmen – 4 **apercevoir** voir – 6 **séduisant, séduisante** *ici :* qui plaît aux femmes – 13 **se rendre** aller – 13 **sur les lieux** vor Ort – 14 **effectuer** faire – 25 **soupirer** seufzen

– Mais dans la vie, il y a autre chose que le travail, Logicielle !

– Je possède un très bon ordinateur. Il est de très bonne compagnie.

3 **posséder** avoir (besitzen) – 4 **la compagnie** Gesellschaft

Chapitre 3

Quand Logicielle descendit du TGV à Libourne, Germain l'attendait.

– J'aurais préféré vous revoir dans d'autres circonstances, Logicielle.

– Alors, cette nouvelle mort devant écran* ?

– Comme les précédentes. Ce qui me surprend, c'est que tous ces événements ont eu lieu à quelques semaines d'intervalle, et en Dordogne ou dans les départements voisins.

– Attendez... tous ces accidents ? Il n'y en a eu que trois !

– Cinq. Après avoir vu la troisième victime ce matin, j'ai mené ma petite enquête. Et j'ai découvert qu'en moins d'un mois, deux autres personnes étaient mortes devant leur ordinateur.

Ils entrèrent dans un petit village. Germain s'arrêta devant une grande maison construite au milieu d'un petit parc. Logicielle s'étonna.

– C'est votre maison, Germain ? Mais elle est immense !

– Oh, elle m'a coûté moins cher que mon trois-pièces cuisine à Paris ! Vous voulez manger quelque chose ?

– Non, merci, Germain. Je suis très fatiguée.

Le chant des oiseaux la réveilla avant sept heures. Elle descendit et trouva Germain occupé à prendre le petit déjeuner sur la terrasse, à l'ombre d'un grand arbre.

4 **les circonstances** *fpl* Umstände – 7 **avoir lieu** se passer – 8 **un intervalle** Zeitspanne – 12 **une victime** Opfer – 13 **mener** (durch)führen – 13 **une enquête** Untersuchung – 18 **s'étonner** sich wundern – 27 **l'ombre** *f* Schatten

– Déjà debout ? Vous avez raison : à cette heure, il fait encore un peu frais et nous travaillerons mieux… Je bois du café, vous aussi ?

Logicielle accepta et ouvrit le dossier que Germain avait posé près de sa tasse.

Elle examina les photos, lut les rapports des médecins légistes après autopsie.

– Évidemment, c'est bizarre, murmura-t-elle. Ces trois hommes semblaient en bonne santé et ils ont eu un arrêt du cœur inexpliqué. Et les deux décès dont vous me parliez hier ?

– Hélas, il n'y a pas eu d'autopsie. Mais je me suis informé, Logicielle, regardez : les cinq victimes travaillaient sur un ordinateur identique, un OMNIA 3.

– Ce modèle est tout nouveau et très puissant. On n'en trouve que depuis la fin de l'année dernière. OMNIA signifie « Ordinateur à Mémoire* Neuronique et Intelligence Artificielle ». Ces ordinateurs réagissent à la voix et à l'œil. On peut leur donner des ordres par oral ou en fixant la barre de menus* du regard.

– Mais… pourquoi ce luxe de technologie ?

– Pour gagner du temps, Germain.

– Vous en possédez un ?

– Vous plaisantez ! Ces machines coûtent aussi cher qu'une voiture neuve. Dites-moi, ajouta-t-elle en désignant une feuille, vous avez lu les rapports d'autopsie ? Deux des trois victimes ont pris des amphétamines.

– J'ai vu. Je l'ai fait remarquer au médecin légiste qui n'a pas été très étonné : les gens qui veulent se concentrer pendant longtemps prennent souvent

7 **un médecin légiste** Gerichtsmediziner – 9 **sembler** paraître (scheinen) – 16 **puissant, puissante** leistungsstark – 19 **neuronique** → un neurone – 19 **artificiel, artificielle** ≠ naturel – 28 **désigner qc** montrer qc (du doigt) – 30 **des amphétamines** *fpl* eine Art Aufputschmittel

des substances dopantes. Les utilisateurs de ces... euh... OMNIA 3 souhaitaient certainement travailler de façon intensive pendant un certain temps. Souhaitez-vous que nous nous rendions chez l'une des cinq victimes ? demanda Germain.

– Bien sûr, je suis aussi venue pour ça, Germain. Et je vous avoue n'avoir jamais vu de près un OMNIA 3 !

1 **une substance dopante** Dopingmittel – 1 **un utilisateur** qn qui *utilise* (benutzt) qc – 2 **souhaiter** désirer – 7 **avouer** gestehen

Chapitre 4

Germain passa quelques coups de téléphone. Puis ils partirent pour Eymet où avait eu lieu la dernière mort suspecte.

À la vieille dame qui leur ouvrit, Germain annonça :

– Je suis l'inspecteur de police qui vous a rendu visite hier et téléphoné tout à l'heure. Voici ma collègue de la police scientifique de Paris. Pardonnez-nous de vous déranger une nouvelle fois.

La vieille dame les fit entrer sans un mot.

– Madame Bron est la mère de la victime, murmura Germain à Logicielle.

Elle les fit entrer dans un bureau.

– Comme je l'ai annoncé à monsieur l'inspecteur, j'ai trouvé Antoine ici, hier matin, affalé sur le clavier* de son ordinateur. Son métier l'occupait beaucoup.

– Et quel était son métier ?

– Représentant en vins, mademoiselle. Antoine travaillait souvent la nuit dans son bureau.

– Le décès a eu lieu vers trois heures du matin, dit Germain. Dans la nuit de jeudi à vendredi.

Logicielle s'approcha d'un meuble informatique. L'OMNIA 3 avait un écran* plat immense et un clavier* traditionnel.

– Vous ne l'avez pas débranché* ? demanda Logicielle.

– Oh, nous n'avons touché à rien.

13 **murmurer** flüstern – 16 **affalé, affalée** zusammengesunken – 20 **un représentant** Handelsvertreter – 24 **s'approcher de qc** venir près de qc – 29 **toucher à qc** etw be-/anrühren

Logicielle sentit son cœur battre. Elle mit le doigt sur une touche*. L'écran* s'illumina aussitôt. Une voix féminine annonça :

– *Bonjour, Antoine.*

– C'est magique ! s'exclama Germain.

– Non, c'est logique, répondit-elle en désignant, sous l'écran*, les deux micros et l'œil d'une caméra.

– *Que souhaitez-vous faire aujourd'hui ?* demanda l'ordinateur.

– Eh, Logicielle, ne touchez pas au clavier* ! Qui sait si... ?

– N'ayez pas peur, Germain, j'essaie d'annuler les fonctions vocales : je suis habituée à utiliser la souris* et je ne voudrais pas que l'OMNIA 3 interprète mal mes ordres.

La flèche mobile se pointa sur une icône*. Sur l'écran*, on put alors lire :

Saint-Émilion. Clients / Lot-et-Garonne.

Adresses, chiffres, bulletins de commande passèrent alors sur l'écran*. Logicielle revint à l'explorateur* de programmes et l'examina.

– Eh bien ? s'impatienta Germain derrière elle.

– Il n'y a là que des fichiers* de comptabilité très ordinaires.

Elle se pencha vers le corps de l'ordinateur.

– Que se passe-t-il ? demanda Germain.

– Vous voyez ce tiroir ? Eh bien, c'est un lecteur* de CDEX.

1 **battre** schlagen – 2 **s'illuminer** sich erhellen, erstrahlen – 2 **aussitôt** tout de suite après – 5 **s'exclamer** ausrufen – 14 **vocal, vocale** → la voix (Stimme) – 17 **une flèche** Pfeil – 20 **un bulletin de commande** Bestellformular – 23 **s'impatienter** ungeduldig werden – 24 **la comptabilité** Buchhaltung – 26 **se pencher** sich beugen – 26 **le corps** *ici :* Rechner, Zentraleinheit – 28 **un tiroir** Schublade

– Un lecteur* de CD-ROM*, vous voulez dire ?

– Non. C'est beaucoup mieux que ça.

Elle sortit un disque doré du tiroir.

– Les CDEX, expliqua-t-elle, sont aux CD-ROM* ce que les disques compacts sont aux disques vinyle. D'une toute nouvelle génération, ils peuvent contenir cinq cents gigaoctets* d'informations. Et il est réinscriptible.

– Et celui-ci, que contient-il ?

– Je vais essayer de le savoir.

Logicielle ne connaissait pas encore ces modèles de luxe. Après quelques essais, elle découvrit les procédures. Mais l'écran* restait blanc.

– Il est vide.

– Vide ?

– Peut-être s'agit-il d'un CDEX vierge. Ou alors son utilisateur a effacé* les informations...

Logicielle se leva et fouilla dans la bibliothèque.

– Que cherchez-vous ? demanda Germain.

– Je ne sais pas exactement. D'autres CDEX, peut-être. Mais Antoine Bron semblait n'en posséder qu'un. Mmm... ceci me serait très utile.

– Qu'est-ce que c'est ?

– Le mode d'emploi de l'OMNIA 3. J'aimerais bien l'emporter...

La vieille dame donna son accord.

– Encore une chose, madame, demanda Logicielle. Votre fils prenait des médicaments, n'est-ce pas ? Pouvez-vous me les montrer ?

La mère d'Antoine les fit entrer dans la salle de bains où ils découvrirent une boîte entamée de Taminox. Logicielle l'emporta, après avoir noté l'adresse du médecin de famille.

3 **doré, dorée** goldfarben – 5 **un disque vinyle** Schallplatte – 7 **contenir** enthalten – 8 **réinscriptible** überschreibbar – 16 **vierge** *ici :* vide – 18 **fouiller** (durch)suchen – 24 **un mode d'emploi** Betriebsanleitung – 31 **entamé, entamée** angebrochen

Chapitre 5

Quand ils se retrouvèrent sur la route de Bergerac, Logicielle remarqua :

– Il y a tout de même un mystère...

– En effet ! Un ordinateur qui décide, comme ça, de devenir un assassin à trois heures du matin, c'est un peu fort ! Vous dites qu'il a une intelligence artificielle ? Aurait-il aussi une certaine personnalité ? Son utilisateur l'aurait-il, euh... vexé ?

– Non, Germain, c'est impossible ! Ces ordinateurs n'existent que dans les romans ou les films de science-fiction.

– Mais les informaticiens se plaignent souvent de certains virus qui détruisent les données*. Est-ce que ces virus... ? Pourquoi souriez-vous ?

– Parce que votre question est très naïve, Germain. Les virus informatiques ne sont pas des virus biologiques ! Ceci dit, je ne comprends pas pourquoi ce représentant en vins a acheté un appareil aussi sophistiqué. L'OMNIA 3 était son premier ordinateur. Il n'avait pas besoin d'un modèle aussi puissant, ce simple agenda électronique aurait été suffisant.

Elle sortit de son sac un petit objet en plastique noir.

– Ne me dites pas, Logicielle, que... ?

– Si. C'est l'agenda d'Antoine. Oh, rassurez-vous, je le renverrai à sa mère, mais j'aimerais y jeter un coup d'œil.

4 **en effet** in der Tat – 9 **vexer qn** jdn beleidigen – 22 **un agenda électronique** Organizer – 24 **un objet** Gegenstand

Après le déjeuner, ils allèrent à Issigeac où un certain Dominique Lavigne était mort dans l'après-midi du 15 mai devant son ordinateur. Sa femme avait éteint l'OMNIA 3.

Logicielle remit l'ordinateur en fonction. Elle interrogea la machine à l'aide du clavier* et de la souris*.

– Que cherchez-vous donc ?

– La dernière application*. J'aimerais savoir si monsieur Lavigne, juste avant de mourir, jouait, écrivait ou effectuait des calculs.

Logicielle désigna l'écran*.

– Regardez : les dernières applications* sont LTPG, Internet, Dico + et Word 9.

– C'est-à-dire ?

– Le 14 mai à 18 h 17, monsieur Lavigne a lancé* son traitement de exte* Word 9. À 22 h 34, il s'est branché* sur Internet. Enfin, le 15 mai à 16 h 08, il utilisait un logiciel* qui s'appelle LTPG.

– LTPG, demanda Germain, qu'est-ce que c'est ?

– La dernière application*. Je ne sais rien d'autre.

Ce pouvait être aussi bien une encyclopédie, un jeu, un logiciel* de musique. Logicielle cliqua* trois fois avec la souris* et annonça :

– C'était un programme sur un CDEX. Autrement dit, il y a de fortes chances pour que monsieur Lavigne soit mort le 15 mai à 16 h 08 en utilisant LTPG.

Elle ouvrit le tiroir du lecteur* de CDEX, désigna l'objet qu'il contenait et annonça :

– Le problème, c'est que ce disque est vide, comme celui d'Antoine Bron.

– Et vous êtes certaine, Logicielle, qu'il renfermait des informations ?... Que faites-vous ?

6 **à l'aide de** mit Hilfe (von)

– J'essaie d'identifier l'ancien contenu du CDEX. Mais je ne peux que constater la taille du trou. Ce disque possédait quatre-vingt-trois milliards d'octets* et sa mémoire*, pour une raison inconnue, a été vidée !

Logicielle demanda à Mme Lavigne si son mari prenait du Taminox.

– Oui ! avoua-t-elle. Comment savez-vous... ?

– L'autopsie de votre mari a montré qu'il avait pris des amphétamines, dit Germain. Savez-vous pourquoi il utilisait ces stimulants ?

– Non. J'ai été étonnée quand j'ai su qu'il en avait demandé au docteur.

Ils finirent leur enquête à Bergerac. Mme Sauzon était certaine que l'OMNIA 3 était le responsable de la mort brutale de son mari.

– Pardonnez-moi, insista Logicielle, mais votre mari ne prenait vraiment aucun médicament ? Tranquillisant ? Excitant ?

– Rien, mademoiselle. Jusqu'à l'achat de cet ordinateur, mon mari était en pleine forme. C'est lui qui l'a tué, j'en suis sûre !

Logicielle lutta un bon quart d'heure avec l'OMNIA 3 pour interroger sa mémoire*.

– Un problème ? demanda Germain.

– Oui. Regardez.

L'écran* affichait toujours :

CODE ?

1 **le contenu** → contenir – 18 **ne... aucun, aucune** ne... pas un seul – 19 **un tranquillisant** Beruhigungsmittel (→ tranquille) – 19 **un excitant** Aufputschmittel – 27 **afficher** *ici :* montrer sur l'écran

– Monsieur Sauzon a protégé l'accès aux données*. Je ne connaîtrai sans doute jamais la voix de cette machine ! Et encore moins son contenu.

– Essayez de découvrir le code !

– Difficile. Il existe des milliards de possibilités.

Logicielle prit le disque doré que contenait le lecteur* de CDEX et le mit dans son sac avec l'agenda électronique d'Antoine Bron. Elle aurait parié son salaire qu'elle trouverait là aussi un trou de quatre-vingt-trois milliards d'octets*.

1 **l'accès** *m* Zugang – 9 **parier** wetten

Chapitre 6

Germain et Logicielle prirent leur petit déjeuner dans le jardin.

– Les cinq victimes utilisaient cet OMNIA 3, fit Germain. À mon avis, cet ordinateur possède un dangereux défaut de fabrication ! Vous ne pensez pas ?

Elle hésitait à contredire Germain. Enfin, elle déclara :

– Non ! Je ne crois pas que l'OMNIA 3 puisse tuer son utilisateur. Ce qui m'intéresse, ce sont les logiciels* et la personnalité de leurs utilisateurs...

Elle mit sur la table une grande feuille de papier sur laquelle il y avait un tableau :

Victime	décès le	lieu	CDEX	Amphétamines
	28 avril	Miramont	?	?
	4 mai	Ste-Foy	?	?
M. Sauzon	9 mai	Bergerac	oui	oui
M. Lavigne	15 mai	Issigeac	oui	oui
M. Bron	24 mai	Eymet	oui	oui

– Vous pouvez déjà ajouter les noms qui manquent, dit Germain : Julien Carrier pour Miramont et Edmond Maruani pour Sainte-Foy-la-Grande. Demain lundi, je reprendrai mon enquête pour savoir si ces victimes utilisaient des amphétamines, et si leurs ordinateurs possédaient des lecteurs* de CDEX.

– Vous avez vu, Germain ? Il y a plusieurs analogies, non ?

5 **un défaut** Fehler – 7 **contredire** widersprechen

– En effet : les victimes sont des hommes. Et ils ont tous le même âge : une cinquantaine d'années !

– Avez-vous noté que ces décès ont eu lieu à vingt kilomètres de distance ?

– C'est bien pour ça que je vous ai demandé de venir ! Je crois qu'aucun autre accident devant ordinateur n'a eu lieu en France ni à l'étranger… pourquoi ?

– À mon avis, l'une des clés du mystère est de nature… géographique. Ces cinq décès ont eu lieu au sud-ouest du Périgord !

13 **une clé** Schlüssel – 14 **la nature** *ici :* Art

Chapitre 7

Revenue à Paris le dimanche en fin de soirée, Logicielle chercha à contacter Germain. Sans succès.

Elle lui laissa un message dans sa BAL*. Une heure plus tard, le téléphone sonna.

– Logicielle ? C'est Germain. J'arrive de Miramont. Nos soupçons se confirment : aucun décès suspect devant ordinateur n'a eu lieu en France à part ceux qui se sont passés en Périgord. J'ai appris que l'OMNIA 3 des deux premières victimes avait aussi un lecteur* de CDEX. Bien sûr, il est impossible de mettre la main sur les disques utilisés parce que les machines ont été retournées chez le constructeur. Carrier et Maruani avaient 49 et 50 ans. Les veuves m'ont dit que leurs maris ne prenaient pas d'amphétamines. Mais j'ai fouillé dans leur armoire à pharmacie et chez madame Carrier, j'ai découvert une boîte de Taminox entamée. Par contre, je n'ai rien trouvé chez les Maruani.

Logicielle entra les nouveaux renseignements dans son ordinateur. Une synthèse provisoire s'afficha sur l'écran* :

Cinq hommes d'une cinquantaine d'années sont morts à moins d'un mois d'intervalle devant un OMNIA 3 avec lecteur* CDEX. Ils habitaient dans des villes voisines. Trois d'entre eux prenaient des amphétamines.

7 **un soupçon** Verdacht – 7 **se confirmer** sich bestätigen – 8 **à part** sauf – 15 **une veuve** une femme dont le mari est mort – 16 **une armoire à pharmacie** Arzneimittelschränkchen – 18 **par contre** hingegen

– Bon sang ! Pourquoi n'ai-je pas mieux regardé les derniers fichiers* utilisés par Antoine Bron ? Et s'il utilisait le même logiciel* que Lavigne, ce fameux LTPG !

Il était trop tard pour rappeler Germain. Elle lui envoya un fax qui lui demandait de retourner à Eymet et de vérifier cette information.

Elle ne saurait jamais sur quoi travaillaient les deux premières victimes : leur ordinateur était reparti à l'usine. Et elle n'aurait jamais accès au contenu de l'OMNIA 3 de Sauzon parce que le propriétaire avait emporté le code d'accès dans sa tombe. Mais pourquoi Sauzon avait-il utilisé un code d'accès ?

1 **bon sang !** verflixt! – 13 **une tombe** Grab

Chapitre 8

Quand, le lendemain, Logicielle rentra à vingt heures, Germain était justement en train de lui laisser un long message dans sa BAL*.

GERMAIN	J'ai bien reçu votre fax. Je suis retourné à Eymet chez Antoine Bron. J'ai effectué sur l'OMNIA 3 la recherche que vous me demandiez. Vous aviez raison : la dernière application* utilisée par Antoine était elle aussi un LTPG !
LOGICIELLE	La clé des meurtres est ici, Germain : il faut découvrir ce qui se cache derrière LTPG. Et la raison pour laquelle les victimes ont vidé leur disque avant de mourir...

Soudain elle se souvint de la question qui l'avait occupée la nuit précédente. Elle pianota* sur son clavier* :

LOGICIELLE	J'aimerais aussi savoir pourquoi Sauzon a protégé l'accès aux données*.
GERMAIN	Presque tous les ordinateurs possèdent cette sécurité.
LOGICIELLE	Oui, mais peu de gens l'utilisent. Sauzon voulait être le seul à connaître certaines données*. Notamment le contenu du CDEX. C'est-à-dire le LTPG.

Soudain, un bref message apparut en haut de l'écran* :

SUPERMAX	Logicielle ? Appelle-moi tout de suite !

Elle resta perplexe plusieurs secondes, pendant que Germain continuait :

GERMAIN	Hier, au commissariat de Bergerac, j'ai aussi eu une mauvaise surprise : la visite d'un reporter du journal Sud-Ouest. Je ne sais pas comment il a appris cette série d'accidents devant les OMNIA 3, mais il avait l'air bien informé...

En haut de l'écran*, une nouvelle ligne apparut :

SUPERMAX	C'est important ! Libère ta ligne SVP !

Logicielle lui répondit :

LOGICIELLE	Tu pourrais me lâcher les baskets ?
SUPERMAX	L'OrdinaTueur a encore frappé !

14 **libérer** freimachen – 14 **la ligne** *ici :* Leitung – 16 **lâcher les baskets** [baskɛt] *fpl fam* laisser tranquille

Logicielle resta un instant immobile devant son clavier*. Puis elle écrivit, irritée :

LOGICIELLE	Germain ? Je dois vous quitter. Je vous laisserai ce soir un message en BAL*. À + !

Elle éteignit* son ordinateur. À cet instant, le téléphone sonna. C'était Maxime, très excité :

– Écoute, Logicielle, excuse-moi ! Voilà un quart d'heure que j'essaie de te parler. L'information vient de Delumeau. L'accident vient de se produire au 3, rue de l'Abreuvoir, à Saint-Ouen. Euh... je t'appelle d'une cabine tout près de chez toi. J'ai pensé...

– D'accord. Passe me prendre. Je suis en bas dans trois minutes.

1 **immobile** ≠ mobile

Chapitre 9

Une moto s'arrêta devant l'immeuble de Logicielle. Maxime lui donna un casque.

Arrivée rue de l'Abreuvoir, Logicielle aperçut Delumeau. Il leur dit :

– Venez, c'est au quatrième.

Ils montèrent et entrèrent dans un grand appartement. Une femme d'une quarantaine d'années pleurait dans un fauteuil. Delumeau expliqua :

– Ça s'est passé dans le bureau.

Ils passèrent par un vestibule et Logicielle s'arrêta, surprise par la beauté des meubles.

– Alors Logicielle ? Vous menez une enquête ou vous visitez l'appartement ?

– Excusez-moi. Mais je retrouve ici un intérieur qui me rappelle celui des victimes du Périgord : tous ces meubles anciens...

Logicielle entra dans le bureau. Elle y reconnut le docteur Waquier, de la criminelle, qui prenait des notes sur un carnet. À côté de lui, un homme d'une cinquantaine d'années était étendu sur un canapé. Malgré ses yeux fermés, le mort avait sur le visage une expression de panique ou d'horreur.

– Bonjour, Logicielle, dit Waquier. Arrêt du cœur. Pour le reste, il faut attendre l'autopsie.

– Comment cela s'est-il passé ? demanda-t-elle en s'approchant de l'ordinateur.

Bien entendu, c'était un OMNIA 3.

Elle vit le lecteur* de CDEX et alla s'asseoir devant le clavier*.

11 **le vestibule** Diele – 15 **l'intérieur** *m* Wohnungseinrichtung – 19 **la (brigade) criminelle** Kriminalpolizei

– Sa femme nous a expliqué que monsieur Boulazac s'était enfermé ici vers sept heures du matin. À treize heures, il a refusé de venir déjeuner. C'est un peu avant vingt heures que madame Boulazac a entendu un cri de son mari. Elle a couru vers le bureau, mais la porte était fermée à clé. Elle a appelé des voisins qui ont appelé à leur tour le SAMU.

– Quelques minutes après, continua le docteur Waquier, mon collègue du SAMU a trouvé monsieur Boulazac ici. La victime n'était pas cardiaque. Rien ne laissait prévoir cette mort brutale.

Logicielle approcha sa main de la souris*.

– Explorateur de programmes ? articula Logicielle face à l'écran*.

Aussitôt, il s'illumina. Un mot s'afficha en grosses lettres :

CODE ?

Logicielle étouffa un juron. Elle ouvrit le tiroir du CDEX et un disque doré apparut.

– J'aimerais interroger madame Boulazac, dit Logicielle presque découragée.

Car sans le code, son enquête risquait de durer longtemps.

– Je peux faire enlever le corps ? demanda le médecin légiste.

– Oui. J'aimerais savoir si l'autopsie indiquera la présence d'amphétamines...

8 **le SAMU** [samy] (Service d'Aide Médicale d'Urgence) Rettungsdienst, Notarzt – 11 **cardiaque** malade du cœur – 12 **prévoir** voraussehen – 19 **étouffer** unterdrücken – 19 **un juron** Fluch

Pendant que Logicielle fouillait les tiroirs du bureau, le corps de M. Boulazac fut emmené. C'est peu après que sa femme entra. Un garçon d'une quinzaine d'années l'accompagnait. Il désigna l'OMNIA 3 et déclara à Logicielle :

– Je m'appelle Jean-Mi. C'est mon père qui a voulu que je lui installe* cet OMNIA 3. Je m'y connais un peu en informatique… oh, moins que mon frère mais... Mademoiselle, croyez-vous que j'aie pu me tromper dans la configuration* ?

– Non, la mort de ton père n'est pas ta faute, coupa Logicielle. Quand a-t-il acheté cet ordinateur ?

– Il y a quatre mois.

– Jean-Mi, demanda Logicielle, tu utilises aussi cet OMNIA 3 ?

– Oh non ! assura le jeune homme. Moi, j'ai un simple P10.

– Tu savais qu'il en avait protégé l'accès au moyen d'un code ? C'est très important, Jean-Mi. Ce code, est-ce que tu le possèdes ?

Jean-Mi rougit avant de répondre :

– Non, avoua-t-il en baissant la tête. Il y a trois mois, mon père m'a surpris quand je m'étais branché* sur le Web. C'est à partir de ce moment-là qu'il a protégé l'accès à l'OMNIA 3. Mais je ne connais pas le code, mademoiselle.

– Madame, fit Logicielle en se tournant vers la veuve de M. Boulazac, votre mari prenait-il des médicaments ?

– Des médicaments ? Oh non, il était en excellente santé.

– Mais ne l'avez-vous jamais surpris avec un verre et un comprimé quand il s'est installé ici ? Du Taminox, par exemple ?

2 **emmener qn** *ici :* jdn wegtragen – 7 **s'y connaître en qc** sich mit etw auskennen – 10 **se tromper** *ici :* Fehler machen – 33 **un comprimé** Tablette

Elle réfléchit. Mais ce nom lui était inconnu.

– Y a-t-il longtemps que vous habitez à Saint-Ouen, madame ?

– Non. Moins d'un an.

– Auparavant, n'habitiez-vous pas le Sud-Ouest ? En Dordogne ? Peut-être dans la région de Bergerac ?

– C'est exact ! Comment le savez-vous ?

– Votre nom, votre accent...

– Nous habitions Sigoulès, à douze kilomètres au sud de Bergerac. Au début de l'an dernier, après la mort de notre... de mon fils aîné, mon mari a décidé de déménager pour la région parisienne.

– Et pourquoi Saint-Ouen ?

– À cause du marché aux puces, mademoiselle. Il était antiquaire, vous comprenez ?

Maintenant, les points communs entre toutes les victimes apparaissaient mieux. Mais rien n'expliquait leurs morts brutales.

– Je peux jeter un coup d'œil sur le carnet d'adresses de votre mari ?

Mme Boulazac le lui donna.

– Viens, Jean-Mi. Laissons la police travailler.

– Je parierais que certains noms sont dans ce carnet, dit Logicielle.

– Lesquels ? demanda Max.

– Eh bien Lavigne, par exemple. Ah, le voilà ! Dominique Lavigne, impasse du Château, 24560 Issigeac.

Logicielle continua :

– Bron et Maruani y sont aussi ! Mais ni Carrier ni Sauzon...

– Ainsi, les victimes se connaissaient ?

12 **aîné, aînée** ältere(r) – 15 **un marché aux puces** *fpl* Flohmarkt – 16 **un antiquaire** Antiquitätenhändler – 17 **un point commun** Gemeinsamkeit

– C'est moins étonnant qu'il n'y paraît, Maxime. Jean Boulazac était antiquaire et Lavigne brocanteur. Je ne connais pas le métier de Maruani mais les victimes devaient se voir pendant les foires à la brocante ou les ventes aux enchères…

– Tu ne m'as pas dit qu'Antoine Bron était représentant en vins ?

– En effet.

Logicielle revit en mémoire l'appartement de la victime d'Eymet, avec son superbe coffre Renaissance.

– Tu sais, Maxime, les commerçants d'une région se connaissent. Je demanderai à Germain de m'envoyer la liste des clients d'Antoine Bron. À mon avis, nous y trouverons la plupart des noms des victimes.

Elle éteignit l'ordinateur.

– Je serais très contente, Max, que tu me raccompagnes à moto.

3 **un brocanteur** Trödler – 4 **une foire à la brocante** Trödelmarkt – 5 **une vente aux enchères** *fpl* Versteigerung – 10 **un coffre** *ici :* Truhe – 19 **raccompagner qn** jdn nach Hause begleiten

Chapitre 10

Logicielle appela le commissariat de Bergerac. Elle expliqua à Germain pourquoi elle avait coupé leur communication de la veille.

– De plus, ajouta-t-elle, je suis chargée de l'enquête.

– J'en suis très content, Logicielle. Viendrez-vous à Bergerac ?

– Pas pour l'instant. Mais nous pourrons travailler ensemble… Pourriez-vous vous informer sur les métiers des premières victimes ? Et retrouver leurs carnets d'adresses ?

– Julien Carrier était agent immobilier. Edmond Maruani avait une petite entreprise de meubles, il fabriquait des copies d'anciens. Sauzon, lui, possédait un dépôt-vente près de Bergerac.

– Sur les six victimes, cinq travaillaient donc dans le milieu des antiquaires, de la brocante ou des meubles !

– Autre chose, ajouta Germain. Une impression que confirment tous mes interrogatoires : les victimes n'étaient pas très sympathiques. Le genre nouveaux riches, vous voyez ?

Peu avant midi, plusieurs fax arrivèrent les uns après les autres : les pages des carnets d'adresses de quatre des cinq victimes de Dordogne. Germain avait fait vite.

Logicielle remarqua que certains carnets contenaient les adresses de deux ou trois autres victimes.

4 **être chargé de qc** mit etw beauftragt sein – 12 **un agent immobilier** Immobilienmakler – 15 **un dépôt-vente** Ankauf- und Verkaufgeschäft – 21 **un genre** Art

– Donc ça avance ! lui dit Max quand ils se retrouvèrent pour déjeuner.

– Au contraire ! J'ai trouvé beaucoup de points communs, c'est vrai. Mais on ne connaît pas encore la cause des décès ! Il faudrait explorer le contenu d'un OMNIA 3. L'accès aux ordinateurs de Lavigne et d'Antoine Bron n'est pas protégé. Peut-être sont-ils encore en place. J'ai envie d'aller à Bergerac pour…

– Encore ? protesta Max. Et si je trouvais le code d'accès à l'OMNIA 3 de l'antiquaire de Saint-Ouen, hein ? Ce serait plus simple de travailler chez lui.

– As-tu une idée du nombre de possibilités ?

– Oui. Mais j'ai deux hypothèses. Ou bien Boulazac a imaginé un code impossible du genre 49389YRT 583Q9W. Ou bien il a utilisé les chiffres de sa date de naissance, du numéro de la plaque de sa voiture… donc quelque chose que nous pourrions vite retrouver avec l'aide de sa femme et de son fils.

– D'accord. Et si ta première hypothèse est la bonne ?

– En ce cas, il n'aura jamais pu l'apprendre par cœur et il l'aura donc noté quelque part, près de son clavier*.

– Bon. Tu as ta moto, Max ? Que dirais-tu d'une petite promenade à Saint-Ouen ?

– Ah, mademoiselle… Oh pardon : inspecteur.

– C'est sans importance, madame Boulazac, dit Logicielle qui ajouta en désignant Max : c'est mon collègue, nous pouvons entrer ?

– Bien sûr ! D'ailleurs je suis contente que vous passiez. J'ai du nouveau.

Elle les fit entrer dans le bureau et tira une petite boîte en carton de la corbeille à papier.

34 **une corbeille à papier** Papierkorb

– Vous m'aviez demandé si mon mari prenait des médicaments, n'est-ce pas ?

La boîte était vide. Du Modiol. Logicielle lut la notice :

– C'est un médicament pour les gens qui travaillent la nuit ou ceux qui doivent rester éveillés après un voyage en avion... Votre mari allait à l'étranger, madame ? Travaillait-il la nuit ?

– Pas du tout. Et je ne savais pas qu'il utilisait ce médicament. Croyez-vous que ce... ce Modiol... ?

– Non. Ce médicament n'est pas la cause de sa mort. Votre mari désirait travailler longtemps sur son OMNIA 3 et rester éveillé. Madame, pourriez-vous nous donner votre date de naissance, celle de votre mari et de votre famille ?... Votre mari a peut-être utilisé un chiffre ou un nom familier pour le code. Et pour connaître les causes de sa mort, il nous faut absolument accéder aux données* de son ordinateur.

– Je comprends.

Elle recopia des dizaines de chiffres et de noms sur une feuille puis les laissa seuls dans le bureau. Aussitôt, Max commença ses recherches.

– Bon. Où a-t-il pu inscrire ce numéro ?

Il examina l'ordinateur, regarda sous la table...

– Eh bien, soupira-t-il, il ne nous reste plus qu'à tester tout ce qui se trouve sur cette liste.

Elle lui dicta l'un après l'autre les noms et les chiffres de la liste de Mme Boulazac. À chaque fois, le mot *Error* s'affichait sur l'écran*.

À quatre heures de l'après-midi, découragée, Logicielle s'affala sur le bureau.

– C'est fatigant ! Je comprends qu'on prenne des médicaments pour tenir le coup...

4 **une notice** *ici :* Beipackzettel – 13 **éveillé, éveillée** wach – 18 **accéder à qc** avoir accès à qc – 24 **inscrire qc** écrire, noter qc – 34 **tenir le coup** durchhalten

Elle regarda un instant la boîte vide de Modiol qui était restée posée à côté du clavier*.

Machinalement, elle frappa les six lettres du mot MODIOL.

Aussitôt, on entendit une petite musique. La barre de menus* s'afficha sur l'écran* et une voix masculine déclara :

– *Bonjour, monsieur Boulazac... Que souhaitez-vous faire aujourd'hui ?*

– Eh bien voilà ! murmura Logicielle.

3 **machinalement** sans y penser

Chapitre 11

Il était huit heures du soir. Logicielle arrivait chez elle quand elle remarqua deux voitures devant son immeuble. L'une était une fourgonnette sur laquelle figuraient un superbe ordinateur géant et le slogan :

L'OMNIA 3 - L'ORDINATEUR DE VOTRE AVENIR !

– Madame l'inspecteur ?

L'homme qui l'avait attendue s'approcha.

– Je m'appelle François-Paul Kostovitch, dit « Kosto ». Je suis le P.D.G. de Neuronic Computer France, la société qui fabrique les OMNIA 3. Vous êtes bien le lieutenant de police chargé de l'enquête sur les morts devant ordinateur ?

– En effet. Mais comment savez-vous... ?

– Tenez, dit le petit homme en sortant un journal. Vous avez lu les dernières nouvelles ?

Le plus grand quotidien du soir affichait en gros caractères, sur sa première page : *L'OrdinaTueur !* Le sous-titre précisait : *L'OMNIA 3 a encore frappé !*

Logicielle lut rapidement l'article. Sous une photo de l'OMNIA 3 on lisait : *Cet ordinateur donne-t-il la mort ?*

– Pouvons-nous parler un instant ?

– Venez chez moi, proposa Logicielle.

– Mademoiselle, les OMNIA 3 ne sont pas des ordinateurs dangereux. Quand nous avons eu connaissance des premiers accidents, nous avons démonté les appareils des victimes et fait des

3 **une fourgonnette** Lieferwagen – 10 **un P.D.G.** (Président-directeur général) Generaldirektor

milliers d'essais… La mémoire* à réseau de neurones est une technologie d'avenir, mademoiselle. Elle ne présente absolument aucun danger.

– J'en suis certaine, monsieur Kosto. À mon avis, les OMNIA 3 ne sont pas directement responsables de la mort de ces six personnes. Je m'intéresse surtout à un logiciel* que les victimes ont utilisé juste avant de mourir.

– LTPG ?

Logicielle s'exclama :

– Ainsi, vous savez ?

– Bien sûr ! Nos techniciens sont du même avis que vous.

– Seulement voilà : les CDEX qui contiennent ce programme sont vides. Ou plutôt ils ont été vidés après la mort de leurs utilisateurs. Comment est-ce possible ?

– Si je le savais, mademoiselle, je ne serais pas ici pour en parler avec vous. Pour le moment, l'explication la plus plausible est celle-ci : un bidouilleur de génie a conçu un programme de quatre-vingt-trois gigaoctets*. Un programme qui possède un défaut ou un pouvoir meurtrier et, quand son utilisateur meurt, le CDEX est automatiquement vidé !

Le P.D.G. reprit :

– Le problème, mademoiselle, c'est qu'un écran* n'a jamais tué personne. Il y a déjà eu quelques accidents avec des logiciels* de réalité virtuelle, mais nos OMNIA 3 ne sont pas assez puissants pour la réalité virtuelle.

– Mais ce programme LTPG ?

– Nous ne savons pas de quoi il s'agit.

1 **un réseau** Netz – 21 **un bidouilleur** Bastler, Tüftler – 21 **concevoir** konzipieren – 23 **un pouvoir** Macht – 23 **meurtrier, meurtrière** tödlich

– C’est donc un programme clandestin ?

– Sans doute. Un programme comme on peut en trouver sur Internet. Car le bidouilleur qui a conçu ce logiciel* doit le vendre ! Bien sûr, il se cache derrière un pseudonyme. Si je veux lui acheter LTPG, je lui envoie la somme qu’il en demande sur un compte qu’il a ouvert sous un faux nom et il me télécharge* son logiciel*.

Le P.D.G. désigna le journal, sur la table.

– C’est clair : demain, le cours de Neuronic Computer France descendra rapidement. Les ventes d’OMNIA 3 baisseront de façon spectaculaire. Ce modèle, mademoiselle, était l’avenir de notre firme. Et si vous n’apportez pas rapidement une solution à cette affaire, nous risquons de mettre la clé sous la porte avant la fin de l’année.

– Je vais faire mon possible, répondit Logicielle.

– Faites l’impossible, mademoiselle. Et n’hésitez pas à me contacter si vous avez besoin de quelque chose. Voici mon numéro personnel. Vous pourrez m’appeler jour et nuit.

Il sortit un chéquier de sa poche et l’ouvrit.

– Oh, je n’ai pas besoin d’argent, monsieur Kostovitch. Mais ce qui me serait bien utile…

– Oui ?

– Eh bien, ce serait un OMNIA 3.

– C’était prévu, dit le petit homme. Je ne serais pas parti sans vous en laisser un.

Quelques instants plus tard, deux techniciens entraient dans le studio et sortaient d’un grand carton un ordinateur tout neuf.

– Je vous souhaite bonne chance. À très bientôt.

1 **clandestin, clandestine** illégal – 10 **le cours** *ici :* (Aktien-)Kurs – 15 **mettre la clé sous la porte** schließen – 22 **un chéquier** un carnet de chèques

Le P.D.G. de Neuronic Computer France avait pensé à tout : l'ordinateur avait deux lecteurs* de CD-ROM*, une unité de sauvegarde et un lecteur* de CDEX. Elle découvrit aussi plusieurs boîtes de disquettes, un paquet de CDEX vierges, et une jolie collection de programmes.

Il était vingt-deux heures. Logicielle s'installa devant l'OMNIA 3.

Elle s'aperçut que son cœur battait plus vite que d'habitude. Elle alluma* l'ordinateur et murmura à l'écran* :

– Maintenant, à nous deux...

Chapitre 12

Le sigle NCF s'inscrivit et on entendit une voix féminine :

– *Bonjour. Je suis l'OMNIA 3, un ordinateur à mémoire* neuronique de la troisième génération. Je ne possède pas de disque dur* mais une mémoire vive* de cent vingt-huit gigaoctets*. Je possède des commandes* vocales et oculaires. Si vous souhaitez utiliser mes capacités au maximum, je vous invite à initialiser* ces fonctions.*

Logicielle suivit les indications données par l'ordinateur : elle fixa pendant vingt secondes le point rouge qui apparut au centre de l'écran* pour que l'OMNIA 3 reconnaisse son regard et lut un texte sur l'écran* pour que l'ordinateur enregistre les variantes possibles de sa voix.

– *Sous quel nom désirez-vous que l'OMNIA 3 s'adresse à vous ?*

– Logicielle, dit Logicielle.

– *Eh bien, Logicielle,* reprit l'OMNIA 3, *que souhaites-tu faire aujourd'hui ?*

Elle mit dans le lecteur* le CDEX qu'elle avait trouvé chez Sauzon.

– J'aimerais connaître le contenu de ce disque.

– *Ce CDEX double face est vierge et réinscriptible. Il peut contenir jusqu'à cinq cents gigaoctets*.*

Logique. Pourquoi était-elle déçue ?

– Que dois-je faire maintenant, murmura Logicielle, pour me procurer le programme LTPG ?

– *Je ne comprends pas ta question, Logicielle. Peux-tu la poser autrement ?*

1 **un sigle** Abkürzung, Logo – 7 **oculaire** *ici :* qui réagit au mouvement de l'œil – 8 **une capacité** Fähigkeit – 28 **se procurer qc** sich etw besorgen

Les possibilités de son nouveau jouet restaient limitées. Elle soupira :

– Bon... Je voudrais me brancher* sur le Net.

L'OMNIA 3 possédait un modem* qui rendait cette opération ultra-rapide. Logicielle laissa le même message dans plusieurs salons* :

LOGICIELLE	Qui peut me procurer le programme LTPG ? Merci de me laisser un message en BAL* !

De retour au commissariat, Logicielle examina les photocopies des agendas que lui avait faxés Germain. Elle essayait d'y retrouver le sigle LTPG qui aurait pu être noté dans l'emploi du temps des victimes.

Sur l'agenda électronique d'Antoine Bron, elle vit soudain apparaître, à la journée du 3 mars :

> se procurer LTPG : http://www.peri97.24.fr.

– Bon sang, murmura-t-elle. C'est là ! Et avec l'adresse Internet !

Le commissariat n'était pas branché* sur le Net. Logicielle voulut se lever pour rentrer chez elle quand son téléphone sonna. C'était Germain. Il était tout excité :

– Logicielle ? Nous l'avons ! Je suis chez madame Sauzon, à Bergerac, vous vous souvenez ? J'ai trouvé une petite annonce dans un des hebdomadaires qui, dans chaque département, publient les offres pour vendre ou acheter des voitures, des maisons, du matériel hi-fi... Je vous faxe ça tout de suite !

Une minute plus tard, Logicielle recevait le texte :

Procurez-vous des œuvres anciennes uniques à des conditions exceptionnelles. Amateurs s'abstenir. Cliquer* http ://www.peri97.24.fr sur Internet et demander le programme LTPG.

– Cette fois, murmura-t-elle, nous le tenons, Germain !

Mais comment remonter la filière et savoir qui se cachait derrière cette adresse Internet ? Peri97.24 pouvait être aussi bien un enfant habitant en banlieue parisienne qu'une vieille dame vivant à Los Angeles.

– Son programme, se dit Logicielle... Si je réussis à l'avoir, je suis sûre qu'il le trahira !

Oui. Mais une fois qu'elle aurait chargé* LTPG sur un CDEX vierge, elle courrait les mêmes risques que ceux qui avaient trouvé la mort face à leur écran* !

1 **un hebdomadaire** un magazine qui paraît une fois par semaine – 6 **unique** einmalig – 7 **une condition** Bedingung – 7 **amateurs s'abstenir** nur für Profis – 12 **remonter la filière** die Spur zurück verfolgen – 18 **trahir** verraten

Chapitre 13

Logicielle ne se sentait pas très bien à l'idée d'entrer bientôt en contact avec l'éventuel meurtrier et elle n'était pas mécontente que Maxime l'ait accompagnée.

– Sais-tu ce que j'avais prévu pour le week-end ? dit Max. Je pensais aller au Futuroscope, à Poitiers. Avec toi, bien entendu.

Il posa deux billets près du clavier*.

– *Bonjour, Logicielle,* déclara la voix masculine de l'OMNIA 3. *Que souhaites-tu faire aujourd'hui ?*

– Bon sang, dit Max, il s'adresse à toi ?

– Oui. Nous sommes déjà bons amis… Je voudrais me brancher* sur Internet, dit-elle à l'ordinateur.

Quelques secondes plus tard, elle se trouvait sur le Réseau et tapait le code http ://www. peri97.24. fr. La réponse fut immédiate :

Ce numéro ne correspond plus à aucun abonné.

Elle étouffa un juron, recommença, mais le même message réapparut.

– Ce qui signifie ? demanda Max.

– Que le vendeur de LTPG a dû s'abonner à Internet uniquement pour passer cette annonce.

Retrouver sa trace était impossible, Logicielle le savait. Découragée, elle éteignit l'OMNIA 3. Max demanda :

– On retourne au commissariat ? Allez, ne fais pas cette tête-là. Cet échec a un avantage...

2 **un meurtrier** une personne qui a tué qn (→ un meurtre) – 26 **faire la tête** *ici :* schmollen – 27 **un échec** ≠ un succès

– Lequel ?

– Il va nous permettre de visiter le Futuroscope. Tu n'as plus aucune raison de me dire non !

Le lendemain, Logicielle fut réveillée de bonne heure par le soleil qui entrait dans son studio.

Soudain, son regard tomba sur l'OMNIA 3. Elle se souvint de la question qu'elle avait laissée sur le Réseau après la visite de Kosto :

Qui peut me procurer le programme LTPG ?

Qui sait ? Peut-être lui avait-on répondu.

Elle alluma* l'OMNIA 3, se brancha* sur le Net et alla voir dans sa BAL*. Elle y trouva inscrit :

ANTAEUS À LOGICIELLE	Hi ! Je possède LTPG. Contacte-moi.

Elle pianota* le code de son mystérieux correspondant, puis écrivit :

LOGICIELLE À ANTAEUS	LTPG m'intéresse. J'aimerais le télécharger*. Combien me le vends-tu ?
ANTAEUS	Tu vas être très déçue. LTPG ne tourne* pas. Il doit avoir un défaut.

Logicielle pianota* :

LOGICIELLE	Je le prends quand même. Tu me le vends combien ?

La réponse fut immédiate :

ANTAEUS	Tu rigoles ? C'est cadeau ! Le copain qui me l'a passé ne l'avait pas payé.

C'est bien ce que Logicielle avait imaginé.

ANTAEUS	Bon, tu es prête ? Et si tu trouves le truc pour faire tourner* le programme, sois gentille de me laisser le mode d'emploi dans ma BAL* ! À + !

Quelques instants plus tard, le programme était enregistré.

Logicielle cliqua* pour vérifier le volume du programme. Celui-ci s'afficha au moment où l'OMNIA 3 annonçait :

– *Quatre-vingt-trois gigaoctets*. Souhaites-tu tester ce nouveau programme tout de suite, Logicielle, ou préfères-tu passer à une autre application* ?*

Le cœur battant, Logicielle murmura :

– Je veux tester ce nouveau programme.

20 **le cœur battant** mit klopfendem Herzen

Chapitre 14

Une musique médiévale se fit entendre. Une palette de couleurs bougea sur l'écran* et se stabilisa peu à peu. Mais on ne reconnaissait rien. Cela ressemblait à la photo d'un paysage prise depuis un train en marche, mais l'image était floue. Non, pas vraiment floue puisque les contours étaient nets. Mais ils se répétaient de façon bizarre pour dessiner un tableau abstrait.

– Bon. Il y a sûrement un truc pour faire tourner* ce programme...

Les victimes, qui n'étaient pourtant pas spécialistes de l'informatique, avaient réussi à faire partir LTPG.

Logicielle appela Maxime.

– C'est Logicielle.

– Je suis ravi. C'est la première fois que tu m'appelles !

Elle lui expliqua qu'elle possédait LTPG mais que le programme ne marchait pas. Il se fâcha :

– Quoi ? Et tu as voulu le tester seule ? Tu es folle ! Éteins ton ordinateur et attends-moi ! Je suis là dans un quart d'heure.

Max ne résolut pas le problème non plus. Logicielle finit par lui dire :

– Écoute, Max, laisse-moi faire. Occupe-toi plutôt du repas.

Elle téléphona à Kostovitch qui lui répondit aussitôt.

1 **médiéval, médiévale** mittelalterlich – 2 **bouger** sich bewegen – 5 **flou, floue** unscharf – 6 **net, nette** ≠ flou – 19 **se fâcher** wütend werden – 23 **résoudre qc** trouver la solution de qc

– Ainsi, vous vous êtes procuré le programme suspect ? Bravo !

– Mais je n'arrive pas à le charger*. Est-ce que... ?

– Je vous passe l'un de nos spécialistes.

Elle avait maintenant un informaticien au téléphone.

– En effet, ce n'est pas normal. Écoutez, mademoiselle, pouvez-vous nous télécharger* ce programme ? Nous allons l'étudier de notre côté.

– Attention ! dit Logicielle. Je dois vous avertir que...

– Oh, monsieur Kostovitch nous a informés. Nous ferons très attention.

Après le téléchargement, Max soupira :

– À mon avis, Logicielle, ton rôle s'arrête ici ! Maintenant, les spécialistes ont en main l'arme du crime. Et je te vois mal rivaliser avec eux.

10 **avertir** warnen – 16 **une arme** Waffe

Chapitre 15

Au Futuroscope, ils visitèrent l'Omnimax et plusieurs salles de cinéma dynamique dont les sièges vibraient et bougeaient pour donner aux spectateurs l'illusion du mouvement.

Ils sortirent de ces spectacles enthousiasmés. Le soir, quand ils se dirigèrent vers la sortie, Logicielle réfléchissait, les yeux dans le vague. Soudain, un énorme lézard vert apparut devant elle dans la vitrine d'une librairie ! L'animal fut là d'un seul coup, figé dans un relief saisissant. Surprise, Logicielle se frotta les yeux.

– Regarde, Max ! Là, dans la vitrine.

Elle tendit la main vers l'illusion qui avait disparu. À sa place, elle découvrit un livre. Sa couverture représentait des formes anarchiques, des traits et des points colorés qui, pour l'œil, n'avaient aucun sens.

– Quoi ? fit Max. Que veux-tu me montrer ? Ce bouquin ? *Interactive Pictures in 3 D* ?

– Oui ! Regarde la couverture, Max... Ces images ne te rappellent rien ?

– Non... pas vraiment, pourquoi ?

– Parce qu'elles ressemblent beaucoup à celles qu'affiche le programme LTPG sur l'écran*.

7 **dans le vague** ins Leere – 8 **un lézard** Eidechse – 9 **une librairie** un magasin où on vend des livres – 10 **figé, figée** erstarrt – 10 **saisissant, saisissante** ergreifend – 11 **se frotter qc** sich etw reiben – 13 **tendre** *ici :* strecken – 14 **la couverture** *ici :* Deckel

Chapitre 16

Logicielle se réveilla à cinq heures et il lui fut impossible de retrouver le sommeil.

Elle se leva et alluma* l'ordinateur. Aussitôt, les images floues de LTPG dansèrent sur l'écran* avant de s'arrêter sur l'étrange illustration abstraite.

– J'ai été stupide ! murmura Logicielle. J'aurais dû y penser avant.

Le cœur battant, elle essaya de fixer son regard, non pas sur l'écran*, mais bien au-delà. Tout à coup, comme avec les images en 3 D de son livre, elle vit… un paysage splendide : un château qui dominait une verte vallée.

– Bon sang !

La précision des images était presque parfaite. Le regard de Logicielle descendit jusqu'au mur d'enceinte où était écrit, en lettres gothiques :

La tour, prends garde !

– Nous y voilà, murmura-t-elle. LTPG, c'est La Tour, Prends Garde !

Le paysage restait fixe. Logicielle se trouvait dans la situation d'un promeneur qui a découvert un mur protégeant un grand parc. Le château ressemblait à celui de Neuschwanstein ou de Disneyland Paris.

Maintenant, l'inscription disparut du mur et une autre la remplaça :

Pour démarrer* le programme,
fixer le regard sur la serrure du portail.

5 **étrange** bizarre – 9 **au-delà de qc** plus loin que qc – 12 **une vallée** Tal – 15 **un mur d'enceinte** *f* Befestigungsmauer – 17 **prendre garde** faire attention – 24 **une inscription** Inschrift (→ inscrire) – 27 **une serrure** Schloss – 27 **un portail** une grande porte d'entrée

C'était facile. Dix secondes plus tard, la grille s'ouvrait lentement.

Elle comprit : le programme ne démarrait* que si l'œil de l'utilisateur restait fixé un certain temps sur un endroit précis de l'écran*.

Maintenant, tout se passait comme si Logicielle était entrée dans le parc du château.

Elle arriva au pied d'un grand escalier qui menait à la terrasse du bâtiment. Elle monta l'escalier – ou plutôt, elle était bien assise – mais elle avait l'impression de monter. Enfin, elle s'arrêta sur l'immense terrasse et observa la façade du château.

– C'est un château du XVe ou du XVIe siècle, se dit Logicielle.

Elle était sûre qu'il ne s'agissait pas là d'un monde imaginaire, mais de la reconstitution exacte d'un endroit réel.

Elle observa la porte de bois. Ses yeux s'arrêtèrent sur le trou de la serrure. Très lentement, la porte s'ouvrit.

Logicielle entra dans un hall immense, sans doute le salon d'honneur. Il y avait des tableaux sur les murs. Comme meubles, il n'y avait que quelques fauteuils de chêne et un coffre de bois. Sa façade représentait une scène mythologique.

– *Je te félicite, Logicielle !* s'exclama une voix. *Je te souhaite la bienvenue dans mon programme La Tour, Prends Garde.*

Ainsi, l'inventeur de LTPG connaissait son surnom.

– *Comme tu le sais peut-être, Logicielle, il existe en France un certain nombre de châteaux, d'églises et de manoirs abandonnés ou inoccupés. Ces*

1 **une grille** Gitter – 16 **une reconstitution** *ici :* une imitation exacte – 22 **un salon d'honneur** *m* Empfangssaal – 24 **un chêne** Eiche – 26 **féliciter qn** jdn beglückwünschen – 33 **un manoir** Herrenhaus

bâtiments cachent parfois des merveilles. Pour se les procurer, deux conditions sont nécessaires : d'abord, il faut savoir où se trouvent ces bâtiments et comment y entrer. Ensuite, il faut oser y entrer pour prendre les meubles, tableaux et objets d'art qu´ils contiennent. Grâce à mon programme, chère Logicielle, mais aussi grâce à ton intelligence et à ton courage, tu as maintenant la possibilité d'identifier ce château. LTPG reproduit très exactement les lieux et les objets, mais aussi les alarmes et les pièges que les propriétaires ont utilisés pour empêcher qu'on y entre. Quand tu auras découvert toutes les informations dont tu as besoin, tu pourras aller sur les lieux. Mais les risques seront à ta charge, je n'aurai fait que te montrer le chemin.

Il y eut un temps de silence. Le regard de Logicielle allait d'une porte à l'autre. La voix demanda :

– *As-tu des questions, Logicielle ?*

– Qui es-tu ?

– *Je m'appelle Pyrrha.*

– Explique-moi, Pyrrha. Que faut-il faire pour... pour jouer ?

– *Le château virtuel où tu te trouves est la copie exacte d'un château abandonné. Ce château contient un objet de grande valeur que son propriétaire a caché. Appelons cet objet Le Trésor. Tu dois découvrir ce Trésor. Bien sûr, tu n'es pas la seule à avoir ce programme LTPG. Chaque utilisateur doit faire preuve de nombreuses qualités pour progresser dans le jeu, éliminer ses poursuivants et arriver le premier.*

Le regard de Logicielle se fixa sur l'une des portes du salon d'honneur.

1 **une merveille** Kostbarkeit – 10 **un piège** Falle – 14 **être à la charge de qn** zu jds Lasten gehen – 25 **la valeur** Wert – 28 **faire preuve de qc** montrer qu'on a qc – 30 **un poursuivant** Verfolger

– Attention ! Cette première visite sert à t'expliquer le mode d'emploi. À partir de maintenant, tu ne pourras entrer dans ce château que par effraction. Plusieurs moyens existent. À toi de les découvrir. Si tu désires te déconnecter maintenant, il te suffit de fixer le coffre du grand salon.*

Logicielle aurait aimé poser mille questions à Pyrrha. Mais elle avait tout le temps... Car elle entreprendrait l'exploration du château. Oui, elle allait refaire le chemin qu'avaient suivi les victimes. En évitant les pièges de Pyrrha. Elle savait qu'elle risquait sa vie mais pas dans quelles circonstances, ni à quel moment et à quel endroit.

Son regard revint au coffre. Soudain, il y eut un éclair blanc. Logicielle poussa un cri et ferma les yeux.

Quand elle les rouvrit, elle fut presque étonnée de se retrouver seule dans son studio, assise face à l'OMNIA 3.

3 **une effraction** Einbruch – 9 **entreprendre qc** commencer à faire qc – 15 **un éclair** Blitz

Chapitre 17

Logicielle n'aimait pas recevoir de la visite. Si elle avait emmené Max chez elle, c'était surtout pour sa propre sécurité. Elle savait qu'elle risquait sa vie face à cet OMNIA 3 transformé en OrdinaTueur...

Elle mit l'ordinateur en marche, invita Max à s'asseoir face à l'écran*. Puis elle lui donna le livre aux images 3 D.

– Exerce-toi d'abord sur ces images. Ensuite, tu feras partir le programme.

Elle appela Germain et lui expliqua où s'était arrêtée son enquête. L'inspecteur notait :

– Moins vite ! Vous dites : le salon d'honneur d'un château inhabité ?

– Oui. Et j'aimerais que vous identifiiez ce château. Les victimes viennent de la région de Bergerac. Il est possible que ce château soit près de chez vous.

Quand Logicielle raccrocha, Max s'exclama :

– Ça y est ! Je le tiens ! C'est un château... Bon sang, il est superbe !

– Tu as lu l'inscription, sur le mur ?

– OK. Je fixe la serrure !... Ouais, elle s'ouvre. J'entre. Je suis sur l'allée, j'avance. Oh, mais c'est facile, en effet...

Trois secondes plus tard, Max étouffait un juron.

– Logicielle ! J'ai perdu le relief...

– Eh bien reprends à l'endroit où tu l'as laissé.

Deux minutes plus tard, Max s'exclama :

– Eh... Mais je ne me retrouve pas là où j'étais ! Je suis à nouveau face à la grille et au mur... Il me faut tout recommencer !

Il reprit à zéro.

– Voilà, je suis arrivé sur la terrasse… Ah, flûte !

Il se frotta les yeux.

– Mais c'est complètement fou, ce jeu ! À la moindre inattention, il faut tout recommencer à partir du début !

– Réfléchis, Max : le programme fonctionne seulement parce que la caméra de l'OMNIA 3 surveille le mouvement de tes yeux. Il faut te concentrer ! Laisse-moi la place.

Elle s'installa face à l'écran*. Elle n'eut aucune difficulté à retrouver l'image, elle avait l'habitude maintenant. Pendant plusieurs heures, Logicielle explora le parc du château. Elle n'y découvrit rien de particulier.

Elle essaya l'entrée principale du château. Impossible d'ouvrir la porte ! Alors elle cassa une fenêtre, ce qui provoqua une sirène et l'arrêt de LTPG.

Peu après, elle découvrit l'entrée d'une caverne. Son cœur battit soudain plus fort. Soudain, la voix de Pyrrha annonça :

– *Bien vu, Logicielle. C'est en effet un moyen d'entrer au château. Mais prends garde aux obstacles !*

Elle entra dans la caverne et avança lentement, dans l'obscurité. Enfin elle aperçut une lueur au bout du tunnel.

– Je crois que j'aperçois la sortie, murmura-t-elle.

Un vertige inexpliqué la saisit. Elle tombait ou plutôt elle avait l'impression de tomber dans un gouffre immense ! Elle cria et ferma les yeux. Il y eut un choc horrible, un bruit d'os qui se cassent.

2 **flûte !** verflixt! – 5 **le / la moindre…** der/die geringste … – 25 **un obstacle** Hindernis – 27 **l'obscurité** *f* Dunkelheit (→ obscur) – 27 **une lueur** Lichtschein – 30 **un vertige** Schwindelgefühl – 32 **un gouffre** Abgrund

Elle se retrouva une nouvelle fois assise sur sa chaise. En sueur, elle passa la main sur son front.

– Logicielle, dit Max, tu devrais t'arrêter. Tu sais qu'il est sept heures du soir ?

C'est en se levant qu'elle s'en rendit compte : elle titubait et son regard était brouillé.

Elle imagina la colère des utilisateurs du programme quand ils étaient arrivés à entrer dans le château… et se voyaient soudain renvoyés à la case départ à cause d'un moment d'inattention !

– Voilà pourquoi les victimes utilisaient des amphétamines, murmura-t-elle.

– Oui, murmura Max, j'imagine l'état du joueur : quinze ou vingt heures d'attention intensive… une peur permanente.

Le téléphone sonna et Logicielle décrocha. C'était Germain.

– J'ai identifié du premier coup le bâtiment du programme La Tour, Prends Garde.

– C'est vrai ? Il existe donc ?

– Sans aucun doute. C'est le château de Grimoire. Son propriétaire l'a complètement abandonné depuis de nombreuses années. Une association a même été créée pour le protéger car il a été pillé et vidé de tout ce qu'il contenait.

– Où se trouve-t-il ?

– Non loin de chez moi.

– Pourquoi ne l'avons-nous pas visité ?

– Parce qu'il ne se visite pas. C'est une propriété privée, son accès est dangereux et interdit.

2 **la sueur** Schweiß – 5 **se rendre compte de qc** sich etw bewusst werden – 6 **tituber** taumeln – 6 **brouillé, brouillée** *ici :* verschwommen – 7 **la colère** Zorn – 10 **la case départ** *m* Ausgangspunkt (eines Spiels) – 23 **une association** *ici :* Verein – 24 **piller** plündern

Chapitre 18

Max avait insisté pour emmener Logicielle dîner à Paris. Elle avait accepté : elle n'avait pas envie de cuisiner.

– Ainsi, tu retournes voir Germain en fin de semaine ? lui demanda Max, jaloux.

– Pour des raisons professionnelles, Max. À ma place, tu n'irais pas visiter le *vrai* château de Grimoire ?

Quand elle revint dans son studio, il était minuit. Au moment de se mettre au lit, elle aperçut un reflet sur l'écran* de l'OMNIA 3. C'était une sorte d'invitation. Elle s'installa devant l'ordinateur et murmura :

– Juste un quart d'heure…

Elle était maintenant dans le parc et montait sur l'un des murs du château. Arrivée à dix mètres de hauteur, il n'existait plus de prise. Elle était bloquée.

– Bon sang, Pyrrha, tu pourrais au moins me dire si je suis sur le bon chemin !

– *C'est gentil de me demander conseil, Logicielle,* répondit aussitôt la voix de Pyrrha.

– Que dois-je faire ?

– *Regarde à ta droite. Tu devrais apercevoir une petite plate-forme.*

Logicielle monta jusqu'à une petite fenêtre. L'ouverture était très étroite.

Elle passait ! Elle se trouvait à présent dans un vestibule obscur.

– Il fait noir ici !

17 **une prise** *ici :* Haltegriff – 27 **étroit, étroite** eng

– C'est normal. Il est presque une heure du matin.

Logicielle comprit que le programme s'adaptait automatiquement à l'horloge de l'ordinateur. L'utilisateur de LTPG se trouvait ainsi dans les mêmes conditions d'exploration que dans la réalité. Elle avança et, au bout d'une dizaine de mètres, entra dans une chapelle.

– Je regrette, Logicielle, mais on ne continue l'exploration qu'après avoir répondu à quelques questions.

– C'est une plaisanterie ?

L'image se déplaça et s'arrêta sur le confessionnal.

Logicielle avança vers la grille de bois derrière laquelle elle aperçut des mouvements et la pâleur d'un visage.

Fascinée, elle s'approcha.

– T'appelles-tu réellement Logicielle ?

– Je m'appelle Laure-Gisèle. Logicielle est le surnom qu'on me donne.

– Quel âge as-tu ?

– Vingt-cinq ans.

– Es-tu mariée, as-tu des enfants ?

– Non.

La voix était devenue plus basse. Logicielle était certaine que c'était celle d'un homme.

– As-tu déjà volé des objets d'art, Logicielle ?

– Non, répondit-elle aussitôt.

– Quel est ton métier ?

– Je suis inspecteur de police, Pyrrha.

Il y eut un long silence.

– Pourquoi es-tu venue ici, Logicielle ? Est-ce que ce sont vraiment les objets d'art qui t'intéressent ?

3 **une horloge** Uhr – 12 **se déplacer** sich bewegen – 13 **un confessionnal** Beichtstuhl – 15 **la pâleur** Bleichheit

– Je suis venue pour… Je suis venue pour t'identifier, Pyrrha. T'identifier et t'arrêter.

– *Pourquoi ?*

– Pour t'accuser de six meurtres.

– *Je ne comprends pas très bien,* dit Pyrrha. *Pourrais-tu formuler tes réponses d'une autre façon ?*

– Je te soupçonne, Pyrrha, de tuer les utilisateurs de ton programme. Tu as déjà fait six victimes. Et je dois te… te mettre en examen.

– *Six victimes…* murmura Pyrrha sans montrer la moindre émotion. *Puis-je connaître leurs noms ?*

– Carrier, Maruani, Sauzon, Lavigne, Bron et Boulazac ! dit-elle.

– *Je te remercie, Logicielle,* dit Pyrrha. *Maintenant, tu peux continuer tes recherches.*

Logicielle s'aperçut qu'elle pouvait maintenant quitter la chapelle. Elle entra dans une chambre. Elle fit le tour de la pièce, examina les meubles, les tableaux…

– Celui-là, murmura-t-elle, je le reconnais !

C'était un tableau hollandais du XVIIe siècle qui se trouvait chez Boulazac, à Saint-Ouen. Elle l'examina de près.

Une musique médiévale se fit alors entendre. Logicielle revint dans le grand vestibule et se dirigea vers la source de la musique. Bientôt, elle arriva dans une immense salle à manger. Là encore, elle crut reconnaître le coffre Renaissance qu'elle avait aperçu à Eymet, dans l'appartement d'Antoine Bron.

– Tout ça ne me dit pas où se trouve le Trésor, murmura-t-elle.

2 **arrêter qn** *ici :* jdn verhaften – 8 **soupçonner qn** jdn verdächtigen (→ un soupçon) – 10 **mettre qn en examen** ein Verfahren gegen jdn einleiten

Son regard revint vers le grand coffre Renaissance. Elle examina l'étrange scène mythologique, ce guerrier grec à l'expression farouche.

Il y eut un flash. Logicielle sursauta. Elle était seule face à l'OMNIA 3. Il était deux heures du matin.

3 **un guerrier** Krieger – 3 **farouche** wild, verwegen – 4 **sursauter** aufschrecken

Chapitre 19

En rentrant du commissariat, le lendemain, Logicielle fit son sac de voyage. Il lui restait près de trois heures avant le départ du train pour Bergerac. Elle régla la sonnerie de son réveil et s'installa devant l'OMNIA 3.

Elle entra dans la caverne et essaya de descendre. Trois fois, elle tomba et fut déconnectée*. La quatrième fois, elle tomba dans le vide, mais la distance qui la séparait du fond était faible : il y eut un choc et un cri, mais elle ne fut pas déconnectée* et elle comprit qu'elle avait réussi...

Elle se trouvait dans une oubliette ! Le sol était couvert d'os qui craquèrent quand elle avança.

Elle arriva peu après au carrefour de plusieurs tunnels. Là, au centre, s'élevait une sorte de sanctuaire fait de larges briques de plâtre.

Elle comprit qu'en fixant ce sanctuaire, elle finirait par l'ouvrir.

– *Qui êtes-vous ?*

La voix de Pyrrha se fit entendre, impérieuse. La magie du moment disparut d'un coup.

– *Identifiez-vous, s'il vous plaît.*

– Je... Logicielle ! C'est moi : Logicielle.

– *Cet endroit est dangereux et tu le sais. Ta place n'est pas ici, Logicielle. Déconnecte*-toi immédiatement.*

Elle hésita. Si Pyrrha souhaitait que les intrus n'aillent pas plus loin, pourquoi n'avait-il pas prévu une sécurité ? Pourquoi n'arrêtait-il pas le programme ?

4 **un réveil** *ici :* Wecker – 12 **une oubliette** Verlies – 13 **craquer** *ici :* knacken – 16 **un sanctuaire** Heiligtum – 16 **une brique** (Ziegel)Stein – 16 **le plâtre** Gips – 20 **impérieux, impérieuse** gebieterisch – 27 **un intrus** Eindringling

Le réveil sonna. Elle avait l'impression de sortir d'un cauchemar...

Elle tourna la tête, aperçut son sac de voyage sur le lit, le réveil sur la table. Devant elle, l'écran* de l'ordinateur était redevenu obscur.

2 **un cauchemar** Alptraum

Chapitre 20

Germain réveilla Logicielle tôt le matin. Après deux kilomètres de route, Germain gara sa voiture devant une grille. Logicielle étouffa une exclamation de surprise.

– Impressionnant, n'est-ce pas ? dit Germain. Voici le château de Grimoire.

C'était la copie exacte de celui que Logicielle connaissait grâce à LTPG. Logicielle reconnut difficilement le parc. Il était en plus mauvais état que celui du programme. Elle désigna un fourré :

– Là-bas, dit-elle, il existe l'entrée d'une caverne qui communique avec les souterrains du château.

L'inspecteur parut impressionné.

– En effet, c'est exact. Du moins ça l'était. Car un effondrement important a bloqué cette entrée.

– Dites-moi, Germain, vous me semblez bien informé !

– Eh bien, depuis votre appel de lundi dernier, je me suis documenté sur le château et sur son histoire. D'ailleurs, nous déjeunons avec la responsable du comité de défense de Grimoire. Elle vous en apprendra plus que moi. Eh... mais vous connaissez le chemin ?

Logicielle avait pris le sentier.

– Il est moins escarpé que je ne le pensais, constata-t-elle.

Dans son programme, Pyrrha avait exagéré les difficultés.

Germain et Logicielle montèrent par dessus le mur d'enceinte.

2 **garer (une voiture)** parken – 10 **un fourré** Gestrüpp – 15 **l'effondrement** *m* Einsturz – 24 **un sentier** Pfad – 25 **escarpé, escarpée** steil

Ils étaient dans la cour. Logicielle reconnut le large escalier de pierre.

– Il y avait des statues, ici ! affirma-t-elle en désignant les socles vides.

– Sans doute. À l'heure qu'il est, elles se trouvent chez un antiquaire de la Côte d'Azur ou dans la villa d'une star.

– Mais... n'importe qui peut entrer ?

– N'importe qui *est* entré, corrigea Germain.

Ils entrèrent dans le salon d'honneur. Les meubles, les tableaux avaient disparu. Tout avait été volé au cours d'un pillage systématique.

– Le pillage ne date pas d'hier, constata Logicielle.

– Il a eu lieu il y a plusieurs années, pourquoi ?

– Parce que le programme LTPG, lui, est très récent. Les ordinateurs capables de le faire tourner* ne sont pas sur le marché depuis longtemps.

– Et alors ?

– Alors, continua Logicielle, ceux qui ont pillé Grimoire ne peuvent pas être ceux qui ont utilisé LTPG.

– Vous avez raison ! déclara Germain. Le château a été pillé avant le lancement de LTPG ! En ce cas, comment expliquez-vous... ?

– La personne qui se cache sous le nom de Pyrrha connaît parfaitement le château de Grimoire. Elle l'a même visité à l'époque où il était meublé. C'est pourquoi elle a pu reconstituer l'intérieur du bâtiment dans son programme.

– D'accord. Mais dans quel but ?

– Pour montrer à ceux qui connaissaient Grimoire qu'elle ne se moquait pas d'eux. C'est un piège.

12 **un pillage** Plünderung (→ piller) – 17 **récent, récente** ≠ ancien, vieux

Seuls les gens suffisamment informés de ce que le château a jadis renfermé peuvent tomber dedans. Convaincus par les connaissances de Pyrrha, les utilisateurs de LTPG, mais uniquement ceux qui avaient pillé Grimoire, ont été alléchés par le Trésor.

– Ce Trésor, vous n'y croyez donc pas ?

– Le Trésor, c'est la mort, répondit Logicielle. C'est la récompense que Pyrrha a réservée aux voleurs.

– Mais ils doivent d'abord se procurer le programme, deviner comment lire les images en trois dimensions...

– ... et connaître le passage vers les souterrains ! compléta Logicielle. Un passage que je n'ai pas trouvé, même si j'ai réussi à approcher du fameux Trésor.

– Que dites-vous ? demanda Germain.

– Pyrrha m'a empêchée de faire les derniers mètres. Comme s'il avait voulu m'éviter le pire au dernier moment.

– Mais pourquoi cela ?

– Parce que je ne fais pas partie de ceux qu'il veut tuer.

3 **convaincre** überzeugen – 5 **allécher qn** jdn anlocken

Chapitre 21

Dans la ferme-auberge où il avait retenu une table pour déjeuner, Germain présenta à Logicielle Mme Lafoucrière, la présidente du comité de défense du château de Grimoire.

– Ma collègue souhaiterait un simple résumé du passé récent du château, dit Germain.

– Après 1950, dit Madame Lafoucrière, le château fut occupé pendant plus de trente ans par son dernier propriétaire, monsieur de Chiron. Je l'ai bien connu. Malheureusement, il n'était pas marié et il est mort sans enfant reconnu. Ses seuls héritiers étaient des neveux et des nièces. Ils ont vendu le château qui a été acheté par un riche industriel de Dakar. Mais ce monsieur n'est jamais venu voir sa propriété !

– Attendez, dit Logicielle. Il n'a donc pas visité Grimoire ?

– Non. Il a vu des photos et le prix lui convenait.

– À ses yeux, c'était sans doute un bon placement. Seulement voilà : les gens ont vite appris qu'il existait ici un château inhabité. Le château a été pillé.

– Tout à l'heure, madame, dit Logicielle, vous avez affirmé que monsieur de Chiron était mort sans enfant reconnu... Qu'entendez-vous par là ?

– Oh, il est bien possible que M. de Chiron ait eu un enfant ! C'est ce qu'affirmaient les gens il y a une vingtaine d'années. Mais personne ne connaît ce mystérieux héritier !

– Ce ne serait pas un héritier, dit Logicielle, il n'aurait aucun droit légal sur Grimoire.

1 **une ferme-auberge** une ferme qui fait restaurant – 11 **un héritier** Erbe – 19 **un placement** Geldanlage – 25 **entendre** *ici :* meinen – 31 **aucun droit légal** keinen Anspruch

Ils reprirent la route de Bergerac. Il était trois heures de l'après-midi. Logicielle sortit un papier de sa poche.

– Germain, connaissez-vous l'avenue Maine-de-Biran ?

– Oui. Vous voulez que nous y allions ?

– Oui, s'il vous plaît. Il y existe un magasin d'informatique.

– Vous avez besoin de matériel pour votre OMNIA 3 ?

– Non. Je cherche à retrouver la trace de Pyrrha.

– Et vous croyez que... ?

– Oui. C'est clair : Pyrrha maîtrise la CAO. Il connaît bien le milieu de l'informatique, donc les magasins de Bergerac et de sa région. À mon avis, on doit le connaître, lui aussi. Je ne sais pas pourquoi... mais j'associe malgré moi le nom de Pyrrha à celui de monsieur de Chiron.

Il y avait beaucoup de monde dans le magasin de l'avenue Maine-de-Biran. Le gérant était un homme d'une trentaine d'années.

– Écoutez, lui dit Logicielle, nous aimerions savoir si vous avez parmi vos clients un spécialiste de la réalité virtuelle, un petit génie qui aurait pu imaginer un super-programme de plusieurs gigaoctets*. Un truc qui ne tournerait* que sur un OMNIA 3.

Le gérant réfléchit. Puis il déclara :

– Il y a bien eu le petit Vidal. Ah, celui-là, on ne pouvait rien lui apprendre, il avait l'informatique dans le sang !

– Le petit Vidal ?

13 **la CAO** (conception assistée par ordinateur) CAD (computer-aided design) – 17 **malgré soi** ungewollt – 20 **un gérant** Geschäftsführer

– Oui. Un gamin que j'ai employé comme vendeur il y a cinq ou six ans. Il n'avait pas vingt ans, à l'époque ! C'était un petit génie, ça oui, en effet ! D'ailleurs, il est revenu me voir l'an dernier. Il travaillait à NCF, vous savez, Neuronic...

– ... Computer France, compléta Logicielle le cœur battant. Oui, nous savons. Dites-moi, quel est son prénom ? Où habite-t-il ? C'est très important !

– Oh, fit l'autre, je n'ai jamais connu son prénom. Mais je vous retrouverai ça très vite.

– Appelez-nous quand vous aurez ces renseignements, dit Logicielle.

Elle lui donna le numéro de son téléphone portable.

Quand ils sortirent du magasin, Logicielle était très nerveuse. Germain l'obligea à s'asseoir à la terrasse d'un café.

– Calmez-vous ! Que se passe-t-il ?

– C'est lui, murmura-t-elle. C'est lui, évidemment ! Nous brûlons, Germain, nous brûlons...

– Ne bougez pas d'ici. Je commande deux citrons pressés.

Elle sortit son portable.

– Et moi, dit-elle, je vais tenter de découvrir ce qui relie Pyrrha à Chiron...

À l'autre bout, on décrocha immédiatement.

– Max ? C'est Logicielle. Je t'appelle de Bergerac.

– Ça, c'est drôlement gentil !

– Non. C'est intéressé. J'aimerais que tu consultes une encyclopédie, Maxime. Il y en a une chez moi. Je veux des renseignements sur Pyrrha et Chiron. Dès que tu auras les renseignements, appelle-moi.

20 **brûler** *ici :* ganz dicht dran sein – 32 **dès que** sobald

Une demi-heure plus tard, le téléphone de Logicielle sonna.

– C'est Supermax ! Les noms de Pyrrha et de Chiron m'ont renvoyé à celui d'Achille. Tu m'écoutes ? Voilà : « Achille, héros homérique décrit comme le plus brave et le plus puissant guerrier pendant le siège de Troie. Il est élevé par le centaure Chiron ». Je continue ?

– Continue, dit Logicielle.

– « Afin de lui éviter la mort pendant la guerre de Troie, sa mère l'envoie chez le roi Lycomède où il vit déguisé en femme sous le nom de Pyrrha. »

– Pyrrha, c'est donc Achille ! murmura Logicielle. Achille caché sous un faux nom ! Achille qui a été élevé par Chiron...

– Merci, Max, lui dit-elle. Je connais la suite.

Elle raccrocha et murmura :

– Pouvons-nous rentrer chez vous, Germain ? J'aimerais regarder quelque chose dans mes dossiers.

Arrivée dans la maison de l'inspecteur, Logicielle consulta les notes qu'elle avait emportées. Elle retrouva une liste sur laquelle figuraient de nombreux noms, prénoms et chiffres. Elle sursauta soudain :

– Germain, regardez, c'est ici ! *Germaine Vidal 14/10/58... Jean-Michel 19/02/84... Achille 26/06/75...*

– Qu'est-ce que c'est que cette feuille ? demanda l'inspecteur.

– Les noms, prénoms et dates de naissance des parents et des proches de Jean Boulazac. Un petit travail que j'avais demandé à sa femme. J'espérais

5 **homérique** → Homère, héros grec de l'antiquité – 7 **le siège** *ici :* Belagerung – 12 **déguisé, déguisée** verkleidet

trouver dans cette liste le code d'accès à l'OMNIA 3 de la victime.

– Mais Achille… qui est-ce ? demanda Germain.

– Le fils aîné de madame Boulazac ! Madame Boulazac née Vidal.

– Eh bien voilà, murmura-t-il. Vous tenez sans doute votre coupable, Logicielle ! Vous avez suffisamment de preuves pour l'arrêter rapidement.

– L'arrêter ? Cela risque d'être difficile, dit Logicielle en soupirant.

– Et pourquoi donc ?

– Parce qu'Achille est mort à la fin de l'année dernière.

5 **né, née** geboren

Chapitre 22

L'autoroute A10 était quasiment déserte ce samedi soir.

– Avec ce temps pourri, nous ne serons pas à Paris avant vingt-trois heures, constata Germain.

– C'est sans importance, dit Logicielle. Madame Boulazac a affirmé qu'elle nous attendrait.

– Madame, dit doucement Logicielle, nous aimerions que vous nous parliez de votre fils, Achille.

Mme Boulazac s'inquiéta.

– Achille est mort il y a peu de temps, n'est-ce pas ?

– En novembre dernier. Il avait le... une maladie incurable. Il n'avait que vingt-quatre ans.

Ce souvenir semblait l'affecter davantage que la mort de son mari.

– Jean-Mi et moi allions le voir tous les jours, le plus souvent en cachette.

– En cachette ? Vous voulez dire : en cachette de votre mari ?

– Oui. Mon fils et lui ne s'entendaient pas très bien. Ils... Vous comprenez, mademoiselle, quand Achille est né, je n'avais pas dix-sept ans. C'était avant que je ne rencontre Jean, mon futur mari. Quand je me suis mariée, Achille avait cinq ans. Très vite, il y a eu des conflits entre eux. Mon mari n'acceptait pas mon fils aîné. À quinze ans, Achille a fugué. J'ai dû le placer en pension. Il était

3 **un temps pourri** Sauwetter – 14 **incurable** unheilbar – 15 **affecter qn** jdn (schmerzhaft) berühren – 15 **davantage** plus – 18 **en cachette** heimlich – 28 **fuguer** ausreißen – 28 **la pension** *ici :* l'internat *m*

passionné d'informatique, il avait un avenir brillant devant lui…

Mme Boulazac pleurait.

– Madame… Votre mari savait-il que le père d'Achille était monsieur de Chiron ?

Stupéfaite, Mme Boulazac rougit violemment.

– Je crois que personne n'a jamais rien su.

– Si, Achille, dit Logicielle. En grandissant, il a deviné la vérité. Jusqu'à l'âge de cinq ans, il était souvent au château, n'est-ce pas ?

– Oui, avoua Mme Boulazac. Il a continué d'y aller après la mort de M. de Chiron. Mais quel rapport y a-t-il entre l'identité de mon fils aîné et la mort de mon mari ? demanda Mme Boulazac.

– Le rapport, c'est la haine, dit Logicielle. La haine qui opposait Achille à votre mari. Dites-moi, était-il déjà antiquaire quand vous vous êtes mariés ?

– Oh non. À l'époque, il était au chômage et nous avions des difficultés financières. Et puis une opportunité s'est présentée : des amis à lui ont apporté des meubles en dépôt qu'il a revendus avec de gros bénéfices. C'est grâce à cet argent qu'il a ouvert un magasin d'antiquités.

– Des amis ? Qui s'appelaient Carrier, Maruani, Sauzon, Bron, Lavigne ?

– Oui, peut-être bien. C'étaient des camarades d'enfance, des jeunes gens de la région.

– N'avez-vous pas remarqué, dit Logicielle en désignant le salon, que certaines de ces pièces venaient du château de monsieur de Chiron ?

– Oh si, je sais que mon mari a retrouvé deux ou trois meubles de Grimoire chez des brocanteurs de la région.

15 **la haine** ≠ l'amour *m* – 22 **un bénéfice** Gewinn

– Votre mari, reprit Logicielle, connaissait le château de Grimoire ?

– Oh, dans la région, tout le monde connaissait le château !

– Je vous remercie, madame, dit Logicielle.

Le téléphone portable de Logicielle sonna.

– Qui ?... Parlez plus fort, s'il vous plaît, je ne vous entends pas !

– C'est MAXIME ! Je voulais que tu saches, Logicielle : je crois que j'ai trouvé !

– Nous aussi, nous tenons le coupable ! dit-elle.

– Moi, reprit Max, j'ai trouvé la voie qui mène au Trésor. Je suis sûr que c'est le puits.

Logicielle ne comprenait pas.

– Attends... D'où m'appelles-tu, Max ?

– Mais voyons, de chez toi ! Je n'allais pas repartir sans rendre une petite visite à notre ami Pyrrha.

– Tu as branché* l'OMNIA 3 ?

– Oui, bien sûr ! Allez, à bientôt. Je me lance dans une petite expédition...

– Max, ne fais pas de bêtises... Max ?

Il avait raccroché.

Elle se dirigea vers la pièce voisine, frappa à la porte et l'ouvrit. En apercevant Logicielle, Jean-Mi sourit et baissa le son du téléviseur.

– Jean-Mi, est-ce qu'Achille t'avait emmené à Grimoire ?

– Oui, bien sûr !

– Il n'y avait déjà plus aucun meuble, n'est-ce pas ?

– En effet. Mais Achille, lui, il se rappelait l'époque où c'était encore un vrai musée !

13 **un puits** Brunnen – 19 **se lancer dans qc** sich in etw stürzen

– Dis-moi, Jean-Mi, connais-tu les souterrains de Grimoire ?

– Oui. C'est grâce à eux qu'on peut pénétrer dans le château.

– En descendant le gouffre qui se trouve au centre de la caverne du parc ?

– Non, souffla-t-il à voix plus basse, grâce au puits ! Achille m'affirmait qu'après la vente du château, c'était le seul moyen d'entrer sans déclencher les alarmes.

– Le puits ! répéta Logicielle.

Elle se précipita dans le salon.

– Germain ? Il faut que nous partions ! Madame Boulazac, je vous remercie pour ces précisions.

10 **déclencher** auslösen

Chapitre 23

– Germain, vite ! Max est en danger !

– Ainsi, demanda Germain, vous avez tout reconstitué ?

– C'est simple, dit Logicielle : Achille, le fils naturel de monsieur de Chiron, s'est toujours senti chez lui à Grimoire. Sa mémoire d'enfant a conservé un souvenir émerveillé du château. Jean Boulazac connaissait lui aussi le château et l'accès par le puits. C'est même ainsi qu'il a dû y entrer sans déclencher les alarmes et en sortir peu à peu les meubles.

– Mais les autres ? demanda Germain. Sauzon, Lavigne...

– Peut-être est-ce l'un d'eux qui a commencé le pillage du château ?

– D'accord, dit Germain. Ces personnes se connaissent depuis longtemps. Enfants, adolescents, ils ont dû explorer Grimoire, comme Achille !

– D'une manière ou d'une autre, ceux qui connaissent l'accès au château se mettent d'accord : ils décident de ne rien dire et de se partager le butin.

– Mais ils n'avaient pas pensé au fils de monsieur de Chiron...

– Oui. Le jour où Achille s'aperçoit que le château, dont il se considère comme l'héritier spirituel, a été pillé, on peut comprendre sa colère. Il décide de se venger. Mais il sait que Jean Boulazac n'est pas

5 **naturel, naturelle** *ici :* unehelich – 23 **partager** teilen – 23 **un butin** Beute – 27 **spirituel, spirituelle** geistig – 29 **se venger** sich rächen

le seul responsable du pillage et il ne connaît pas ceux qui se sont servis…

– Mais il imagine un piège, dit Germain, le programme LTPG !

– Oui. Et cela attire les anciens vandales.

– Cependant, dit Germain en se garant près de l'immeuble de Logicielle, Achille meurt en novembre dernier ! Comment, dans ces conditions, peut-il passer des annonces au début de cette année dans les hebdomadaires locaux et dans les magazines spécialisés ? Comment son fantôme peut-il télécharger* le programme LTPG sur Internet ?

– Sans doute a-t-il laissé des instructions à un ami. Un ami qui ne connaît pas le contenu des enveloppes ou des programmes qu'il envoie !

– Et quelques mois après la mort d'Achille, murmure Germain, les victimes désignées tombent dans ce piège préparé longtemps à l'avance. Elles seules savent que le puits cache une entrée secrète. Eh, Logicielle ?

Elle venait de sortir de la voiture et courait sous la pluie.

– Attendez-moi ! cria Germain comme elle entrait dans son immeuble.

Déjà, elle montait les escaliers quatre à quatre, le cœur battant.

Elle ouvrit vite sa porte pour découvrir un spectacle d'horreur : assis devant l'écran* de l'OMNIA 3, Max était immobile dans une expression de douleur aiguë, bouche ouverte, comme en état d'hypnose.

– Max !

11 **un fantôme** Geist – 26 **quatre à quatre** très vite – 31 **aigu, aiguë** *ici :* très fort

Elle se précipita vers lui, le prit dans ses bras et bouscula sa chaise.

Ils tombèrent sur le sol.

D'un coup, la musique s'arrêta et l'écran* s'éteignit.

– Max, réponds-moi, je t'en supplie !

Un râle sortit de la gorge de son collègue. Il ouvrit les yeux.

– Logicielle ?... C'est toi ?

– Oui. Je suis là. Max, que s'est-il passé ?

– C'était... c'était horrible ! J'ai marché pendant des heures dans les souterrains. J'ai fini par approcher du Trésor ! Quand je suis arrivé devant un étrange sanctuaire, j'ai su qu'il était temps de me déconnecter* : ouvrir ce sanctuaire représentait un vrai danger. Mais j'étais incapable de résister...

– Tu as ouvert le sanctuaire ? dit Logicielle.

– Oui. Et alors j'ai fait face à l'horreur absolue.

Son corps fut saisi d'un tremblement incontrôlable. Il se prit la tête entre les mains.

– C'était une vision de cauchemar, Logicielle. Jamais je n'oublierai...

Elle le prit par les épaules et dit d'une voix douce :

– Le monstre t'a laissé en vie, Max.

2 **bouscuLer** umstoßen – 6 **supplier qn** jdn anflehen – 7 **un râle** Röcheln – 7 **la gorge** Kehle – 16 **résister** widerstehen

Chapitre 24

Logicielle se leva et jeta un coup d'œil sur le radio-réveil.

Il était tard. Elle réalisa qu'on était dimanche. Après quelques instants d'hésitation, elle alluma* l'OMNIA 3.

– Pyrrha ? Je sais qui tu es. Pyrrha ? Pourquoi ne me réponds-tu pas ?

Arrivée dans le salon d'honneur, elle observa le coffre Renaissance. Elle était certaine que ce meuble n'existait pas. Il avait été fabriqué pour le LTPG.

– Je sais que tu es Achille. Achille Vidal. Nous avons maintenant des preuves. Mais il me faut des aveux complets.

Logicielle quitta le salon pour entrer dans le vestibule. Après quelques minutes, elle arriva dans la chapelle.

Elle s'approcha du confessionnal et constata, déçue, qu'il était vide. Elle dirigea alors son regard vers la porte et fixa un instant la petite serrure. Le panneau de bois s'ouvrit.

Logicielle entra dans l'obscurité et se retrouva à la place du prêtre.

Elle n'attendit pas longtemps : bientôt, quelqu'un entra dans la chapelle. C'était un jeune homme, mais on ne voyait pas bien son visage.

– Achille, murmura Logicielle. Achille... pourquoi as-tu fait cela ? Six victimes ! Te rends-tu compte, Achille, de l'énormité de ton crime ?

14 **un aveu** Geständnis (→ avouer) – 23 **un prêtre** Priester

– Je voulais me venger, Logicielle, murmura la voix du jeune homme – car ce n'était plus celle de Pyrrha. *Me venger non pas de mon beau-père, mais de ceux qui ont détruit mon enfance.*

– Ils sont morts. Tu n'as aucun remords ?

– Si. Je regrette. Je pleure sur la beauté perdue. Je pleure même, et c'est vrai, sur ceux que j'ai supprimés parce qu'ils auraient pu faire autre chose de leur vie.

Logicielle se demanda quelle valeur cette confession pouvait avoir, puisqu'elle avait été enregistrée avant la mort des victimes.

– Mais surtout, continua Achille à voix basse, *je voulais un jour exister ! Car je n'ai jamais existé, Logicielle. Mon père est mort sans m'avoir reconnu, ma mère est devenue l'esclave d'un tyran qui me détestait... Car vois-tu, Logicielle, je n'étais pas moi-même dans ma vie, mais je le suis dans ce programme informatique.*

5 **les remords** *mpl* Gewissensbisse

Chapitre 25

– Intéressant, dit le commissaire en déposant le rapport de Logicielle sur son bureau. Mais qu'est-ce qui nous prouve que LTPG ne fera pas d'autres victimes ? D'après ce que j'ai compris, il est encore en circulation.

– Oui. Et il le restera, monsieur Delumeau. Toute technologie nouvelle a ses dangers.

Elle désigna sur son bureau le journal de la veille au soir – celui qui, le mois précédent, avait accusé les OMNIA 3. Elle ajouta :

– Cette histoire fait une belle publicité pour NCF.

– Vous croyez que le danger n'existe plus ?

– Oui. Achille a supprimé ceux qu'il jugeait coupables. En réalité, il n'a tué personne de son vivant : LTPG s'en est chargé. À mon avis, il n'y aura pas d'autre meurtre, monsieur Delumeau : Achille en avait programmé six. Pas un de plus.

Ce soir-là, en rentrant chez elle, Logicielle entendit sonner son téléphone.

– Logicielle ? Ici Germain. C'est fait : grâce au plan que Max nous avait donné, une équipe de spéléologues et de démineurs a découvert le sanctuaire dans le labyrinthe des souterrains de Grimoire...

– Eh bien ?

– Il était miné. Nous l'avons fait exploser. Rassurez-vous, il n'y a eu aucune victime ! Il était évident que ce sanctuaire cachait un piège !

5 **en circulation** im Umlauf – 14 **de son vivant** zu seinen Lebzeiten – 22 **un spéléologue** Höhlenforscher – 22 **un démineur** jd, der Minen entschärft

Achille avait pensé à tout : si un utilisateur de LTPG échappait à l'OrdinaTueur, il irait chercher le Trésor sur place...

2 **échapper** entkommen

Épilogue

– Eh bien voilà, c'est fini ! pensa Logicielle.

Elle se retrouvait seule dans son studio. Il était déjà tard, mais elle se dirigea vers l'OMNIA 3, s'assit et alluma* l'ordinateur.

– Bonjour, Logicielle. Que souhaites-tu faire aujourd'hui ?

– Voyons du côté de LTPG, répondit-elle.

Très vite, elle se retrouva devant la grille du parc de Grimoire. Elle entra. Arrivée dans la cour, elle se promena un moment. C'était le soir, comme dans la réalité. Logicielle fixa la serrure de la porte principale qui s'ouvrit. Elle s'arrêta sur le seuil du salon d'honneur. Pour une raison inconnue, elle n'osait pas bouger. À cet instant, au fond de la pièce, une porte s'ouvrit.

Quelqu'un avança, s'approcha d'elle et lui sourit. C'était un jeune homme. Elle ne l'avait jamais vu, mais elle sut que c'était Achille.

D'un geste, il l'invita à entrer. Et comme elle hésitait encore, il lui dit :

– Je te souhaite la bienvenue, Logicielle. Viens, je t'attendais.

12 **le seuil** Schwelle

Autour de la lecture

Avant la lecture

1. Est-ce que tu as un ordinateur à la maison ? De quel type ? Quels programmes est-ce que tu utilises ? Pour quoi faire ?
2. Actuellement, quels sont les jeux sur ordinateur les plus intéressants ?
3. Choisis un de ces jeux et présente-le en quelques phrases (par exemple, explique pourquoi tu le trouves intéressant, raconte comment on joue, dis quelles qualités il faut avoir pour gagner, etc.)
4. À ton avis, un ordinateur peut-il être dangereux ? Si oui, de quelle manière ou dans quelle situation ?

Pendant la lecture

Chapitre 6 : L'enquête commence.

- Recherche le Périgord sur une carte de la France et renseigne-toi sur la région.
- Note toutes les informations que Logicielle et Germain ont trouvées jusqu'ici. À partir de ces faits, propose à Logicielle plusieurs hypothèses différentes pour expliquer les cinq décès (même si ces hypothèses ne sont pas toutes très réalistes...)

Chapitres 9 et 10 : Une nouvelle victime

- Relève les points communs et les différences qu'il y a entre M. Boulazac et les autres victimes. Est-ce que cela fait avancer l'enquête ?

Chapitre 11 : L'OMNIA 3 a encore frappé !

- Rédige l'article de journal qui parle de la mort de M. Boulazac et de l'« OrdinaTueur ».

Chapitre 13 : LTPG

- À ton avis, qu'est-ce que Logicielle va trouver dans le programme LTPG ? Invente un nom de programme correspondant aux initiales L, T, P et G.

Chapitre 15 : Le Futuroscope

- Renseigne-toi sur le Futuroscope de Poitiers et sur ce qu'on y trouve.

Chapitre 16 : Le château

- À partir des descriptions du texte, dessine le plan du château et de son parc.
- Le château contient un objet de grande valeur. À ton avis, quelle sorte d'objet ?
- Si tu devais cacher un objet de valeur dans ton école, où est-ce que tu le cacherais ? Choisis une bonne cachette sans la nommer, les autres essaieront de la deviner en te posant des questions.

Chapitre 21 et 22 : Histoires de famille

- À ton avis, de quelle maladie est mort Achille ?
- Quel rapport y a-t-il entre Pyrrha, Achille et le « petit Vidal » ? Entre Pyrrha et sa victime M. Boulazac ? Et entre M. de Chiron et Mme Boulazac ?
- Dans un journal intime que personne n'a encore retrouvé, Achille racontait les disputes qu'il avait avec son beau-père. Mets-toi à la place d'Achille et écris une page de journal juste après une de ces disputes.

Après la lecture

1. Est-ce que tu as aimé cette histoire ? Est-ce que tu la trouves réaliste ? Explique pourquoi (ou pourquoi pas).
2. Relève dans le texte du roman tous les indices qui ont aidé Logicielle à découvrir la vérité. Quelle est la part du hasard dans cette histoire ?
3. Comment l'histoire pourrait-elle continuer ? Quelques « pistes à suivre » possibles :
   - Comment t'imagines-tu le jeune homme ?
   - Qu'est-ce que Logicielle aimerait encore savoir du jeune homme ? Rédige leur dialogue.
   - D'après Max, Logicielle s'intéresse un peu trop à Achille. Comment réagit-il ? Raconte comment les relations entre Max et Logicielle vont se développer.
4. Imagine que Mme Boulazac (née Vidal) possède une lettre de M. de Chiron qu'elle n'a jamais montrée à personne. Dans cette lettre, M. de Chiron parle de sa liaison avec Mme Vidal et de l'avenir de leur fils Achille. Rédige cette lettre.

Le passé simple

In *L'OrdinaTueur* verwendet der Autor eine Zeit der Vergangenheit, die ihr möglicherweise noch nicht kennt. Es handelt sich um das *passé simple,* das fast nur in der geschriebenen Sprache vorkommt und die gleiche Funktion wie das *passé composé* hat.
Im Roman kommen nur die Formen der 3. Person Singular und Plural vor.

Sie werden wie folgt gebildet:

1. Regelmäßige Verben auf *-er*

entr-ER	il entr-**a**	elles entr-**èrent**
pass-ER	elle pass-**a**	ils pass-**èrent**
montr-ER	il montr-**a**	elles montr-**èrent**

2. Regelmäßige Verben auf *-ir* und *-re*

part-IR	elle part-**it**	ils part-**irent**
sent-IR	il sent-**it**	elles sent-**irent**
fin-IR	elle fin-**it**	ils fin-**irent**

descend-RE	il descend-**it**	elles descend-**irent**
répond-RE	il répond-**it**	ils répond-**irent**
sour**i**-RE	elle sour()-**it**	elles sour()-**irent**

3. Unregelmäßige Verben

ÊTRE	il f**ut**	ils f**u**rent
AVOIR	elle e**ut**	elles e**u**rent
LIRE	elle l**ut**	ils l**u**rent

FAIRE	il f**it**	elles f**i**rent
DIRE	il d**it**	elles d**i**rent
VOIR	il v**it**	elles v**i**rent
METTRE	il m**it**	elles m**i**rent

REVENIR	elle rev**int**	elles rev**in**rent
RETENIR	il ret**int**	ils ret**in**rent
SE SOUVENIR	il se souv**int**	elles se souv**in**rent

Le gérondif

In dem Roman kommt eine weitere Verbform vor, die im Unterricht wahrscheinlich noch nicht behandelt worden ist und die es im Deutschen nicht gibt: das Gerundium (*le gérondif*).
Ihr sollt diese Form noch nicht aktiv beherrschen. Damit ihr sie im Text aber erkennt und versteht, findet ihr hier eine kurze Einführung.

1. Bildung des *gérondif*

Man nimmt die erste Person Plural Präsens, ersetzt die Endung *-ons* durch ***-ant*** und setzt die Präposition ***en*** davor. Beispiele:

REGARDER	FINIR	ATTENDRE
nous regard-ons	nous finiss-ons	nous attend-ons
en regard**ant**	**en** finiss**ant**	**en** attend**ant**

Es gibt nur drei Ausnahmen:
ÊTRE (en étant), AVOIR (en ayant) et SAVOIR (en sachant)

Das *gérondif* ist unveränderlich.

2. Gebrauch des *gérondif*

1. Monsieur Lavigne est mort le 15 mai à 16 h 08 **en utilisant** LTPG.
   (= *als / während* er LTPG benutzte)
2. **En rentrant** du commissariat, Logicielle fit son sac de voyage.
   (= *als / nachdem* sie heimkam)
3. Elle comprit qu'**en fixant** le sanctuaire, elle finirait par l'ouvrir.
   (= *indem* sie das Heiligtum fest anschaute – „indem" läßt sich im Französischen nicht anders als mit dem *gérondif* ausdrücken!)
4. Elle risquait sa vie **en manipulant** seule cet OMNIA
   (= *wenn* sie den OMNIA allein bediente)

Ihr seht, dass das Gerundium *vor* oder *nach* dem Hauptsatz stehen kann. Das *gérondif* kann Temporalsätze (Beispiele 1 und 2), Modalsätze (Beispiel 3) oder Konditionalsätze (Beispiel 4) verkürzen.

WICHTIG: Es kann aber nur dann verwendet werden, wenn in Haupt- und Nebensatz *dasselbe Subjekt* steht bzw. gemeint ist.

Liste des abréviations

≠	antonyme de
→	mot de la même famille
etw	etwas
f	féminin
fam	familier
jd	jemand
jdn	jemanden
m	masculin
mpl	masculin pluriel
qc	quelque chose
qn	quelqu'un